금오신화

조선에
판타지
소설이
있었다고?

물음표로
따라가는
인문고전

8

금오신화

조선에 판타지 소설이 있었다고?

글 임치균 | 그림 이용규

지학사아르볼

왜 조선 시대 양반이
판타지 소설을 썼을까?

지사의 가슴에는 절의가 있고, 장부의 기개는 공명을 세우려
한다. 절의와 공명은 모두 내가 할 일인데, 서로 어그러져 있어
함께하지 못하는 것이 한스럽다.

김시습은 〈屋漏歎(옥루탄)〉이라는 시에서 이렇게 썼습니다.
여기서 '절의'는 절개와 의리를 말합니다. 그 시대 양반의 절의
란 임금을 위해 의리와 충성을 다하는 것을 말하지요. 그런가 하면
공명은 나라에 공을 세워 세상에 이름을 떨치는 것을 말합니다. 조
선 시대 대장부라면 절의를 지키고 공명을 세우는 것이 당연합니
다. 임금에게 충성을 다하고, 나라에 공을 세우는 것이 마땅한 일
이지요.

그런데 김시습에게는 이 두 가지가 서로 뒤틀려 있었습니다. 절의를 택하려면 공명을 포기해야 하고, 공명을 택하려면 절의를 포기해야 하는 상황에 놓여 있었지요.

대체 어떤 상황이냐고요? 이는 1453년 일어난 역사적 사건인 '계유정난(癸酉靖難)'과 관련이 있답니다. 어린 단종의 작은아버지 수양 대군은 왕이 되려는 야심을 품고, 단종 주변의 신하들을 제거하고 정권을 잡았어요. 나중에는 기어이 자신이 왕위를 차지해 버렸답니다. 그가 바로 '세조'지요.

만약 단종이 왕위를 지켰다면 김시습은 절의를 지키면서 공명을 세울 수 있었을 것입니다. 하지만 수양 대군이 왕위를 빼앗아 세조의 자리에 오르면서, 그가 처한 상황도 달라졌습니다. 김시습이 절의를 지켜야 할 임금은 단종입니다. 그런데 왕이 바뀌었으니, 공명을 이루려면 김시습은 세조를 따라야 합니다. 단종에 대한 충절을 지킬 것인가, 세조를 따를 것인가. 김시습은 선택을 해야 합니다. 절의와 공명이라는 두 갈림길에 서 있는 자신의 처지가 한스러울 뿐입니다.

《금오신화》는 김시습이 이렇게 엄청난 고민을 하던 때에 쓰인 소설입니다. 당연히 소설에는 그의 고민이 드러나 있습니다. 〈만복사저포기〉, 〈이생규장전〉, 〈취유부벽정기〉, 〈남염부주지〉, 〈용궁부연록〉이렇게 5편에 김시습의 고민과 결단이 숨어 있습니다.

물론 소설 속에서 김시습의 뜻을 쉽게 읽어 내기는 쉽지는 않습니다. 여러분이 처음 《금오신화》를 맞닥뜨린다면 그저 판타지 소설과 비슷하다고 생각할지도 모르겠습니다. 귀신과 사랑하거나 주인공이 용궁이나 염라국처럼 다른 세계로 떠나는 이야기가 오늘날의 판타지 소설의 구조와 비슷한 면도 있기 때문이에요. 그런데 우리는 글이 쓰인 배경을 알고 있으므로, 한 번 더 물음표를 떠올려 보아야 합니다. '왜 김시습이라는 양반이 판타지 소설을 썼을까?' 하고 말이지요.

그런가 하면 《금오신화》 곳곳에서 읽어 낼 수 있는 시는 작품을 읽는 묘미 중 하나입니다. 소설 속의 시는 긴박한 사건이 이어지는 줄거리 속에서 한숨 돌릴 여유를 줍니다. 다만 〈남염부주지〉에는 한 편의 시도 나오지 않습니다. 그만큼 〈남염부주지〉가 철학적인 소설이라는 말이기도 합니다.

모두 5편으로 이루어진 《금오신화》는 분량이 그리 길지 않습니다. 하지만 한문으로 되어 있어서 읽고 해석하기가 쉽지 않습니다. 물론 이 책에는 한문을 우리말로 풀이한 글이 실려 있기는 하지만 그것 또한 이해하기 쉽지는 않습니다.

그렇지만 《금오신화》는 우리나라 최초의 소설로 인정받는 데다가, 김시습의 깊은 생각과 뜻이 담겨 있는 소설입니다. 반드시 읽어 봐야 할 의미 있는 작품이지요.

　　만약 여러분이 사회에 대한 정의와 자신의 성공 가운데 하나를 택해야 한다면 어떻게 할 건가요? 김시습이 가진 문제의식은 오늘날에도 여전히 유효합니다. 그러한 문제의식이 어떻게 소설 속에 드러나 있을까요? 소설을 통해 한번 확인해 보길 바랍니다.

● **임치균**

Part 1 | 고전 소설 속으로

고전을 아름다운 그림과 함께 담아냈습니다. 원전에 충실하면서도 어려운 단어를
최대한 줄이고 쉽게 풀이하여, 재미난 이야기를 마주하듯 술술 읽을 수 있도록 했
습니다.

Part 2 | 물음표로 따라가는 인문학 교실

고전은 오늘의 우리를 비추는 거울이며, '인문학'을 담고 있는 그릇입니다. 이 책은 고전의 재미를 더하고, 우리 고전을 인문학적인 관점에서 바라볼 수 있도록 구성되었습니다.

● 고전으로 인문학 하기

고전 소설을 읽고 나면 머릿속에는 여러 질문들이 떠올라요. 물음표에 대한 답을 따라가 보세요. 배경지식이 쑥쑥 늘어날 거예요.

● 고전으로 토론하기

고전의 내용에 기반한 가상 대화가 이어집니다. '고전으로 토론하기'를 통해 다르게 생각하는 힘을 길러 보세요.

● 고전과 함께 읽기

함께 읽으면 더욱 좋은 문학, 영화, 드라마 등을 소개합니다. 비슷한 주제가 다른 작품에서는 어떻게 표현되었는지 살펴보고 생각의 폭을 넓히세요.

차
례

Part 1 | 고전 소설 속으로

Part 2 | 물음표로 따라가는 인문학 교실

금오신화

고전 소설 속으로

우리 고전 소설의
재미와 감동을
오롯이 느껴 봅시다.

만복사저포기
萬福寺樗蒲記

만복사에서 저포 내기를 한 이야기

남원에 양생이라는 사람이 살았다. 양생은 어려서 부모를 여의고, 나이가 들어도 장가를 가지 못한 채, 만복사라는 절의 동쪽 골방에서 홀로 외롭게 지내고 있었다. 골방 밖에는 봄을 맞아 꽃을 활짝 피운 배나무 한 그루가 우뚝 서 있었다.

양생은 달 밝은 밤에 배나무 밑을 서성이면서 시를 지었다.

외로이 배꽃나무 벗을 삼았더니
달 밝은 밤 이 시름은 끝이 없구나.
젊은이는 쓸쓸한 창가에 홀로 누웠는데
어디에 있는 여인이 퉁소를 불고 있나?

비취새는 쌍을 이루지 못하고 홀로 날며
원앙새는 짝을 잃고 맑은 강물에 떠다닌다.
어느 님 만나 바둑 둘 기약이나 있을까?
등불에 좋은 일 있을까 점쳐 보다 서럽게 창에 기댄다.

그런데 갑자기 어디선가 말소리가 들려왔다.
"좋은 짝을 얻고자 하면서 어찌 얻지 못할까 근심하는가?"
양생은 마음이 들떴다.

다음 날은 24일이었다. 이날 만
복사에 연등을 달며 복을 비는 풍습이
있었다.

많은 사람들이 만복사로 모여들었다.

점차 날이 저물어 불경 소리가 끊어지고, 사람들도 거의 남아
있지 않게 되었다.

양생은 소매 속에서 저포*를 꺼내 부처님 앞에 던지며 말했다.

"오늘 부처님과 저포 놀이로 내기를 하려고 합니다. 만약 제가
진다면 정말 성대한 제사상을 차려 드리겠습니다. 그렇지만 부처
님께서 지시면 제 소원을 들어주셔야 합니다. 꼭 저에게 어여쁜 아
가씨를 보내 주십시오."

양생은 저포를 던졌다. 양생의 승리였다. 양생은 부처님 앞에
무릎을 꿇었다.

"부디 약속을 어기지 마십시오."

양생은 작은 탁자 아래에 몸을 숨긴 채, 약속이 이루어지기를
기다렸다.

잠시 후, 열대여섯 살 정도 됨 직한 아가씨가 들어왔다. 갈래머

* **저포** 주사위와 비슷한 놀이 기구.

리에 옅은 화장을 하고 있었는데, 그 자태는 마치 하늘의 선녀같이 아름다웠으며, 보면 볼수록 곱고 얌전하였다.

여인은 갖고 있던 병의 기름을 부어 등잔불에 돋우고 향로에 향을 꽂은 뒤, 부처님께 3번 절을 하고는 꿇어앉았다.

"제가 복이 없고 팔자가 사납다 하나, 어찌 이럴 수 있습니까?"

그러고는 품속에서 축원문*을 꺼내어 불탁 위에 올려놓았다.

축원문의 내용은 이러했다.

저는 아무 마을 아무 동네에 사는 아무개입니다. 얼마 전 변방의 방어가 허물어져 왜구가 침입해 오는 바람에, 전쟁이 일어나고 봉홧불은 여러 해 끊이지 않았습니다. 왜구들이 집들을 불태우고 노략질을 일삼았기에, 사람들은 여기저기 숨을 곳을 찾아 도망쳤지요. 저의 일가친척과 종들 또한 뿔뿔이 흩어지고 말았습니다. 버드나무같이 가냘픈 저는 피란을 멀리 떠날 수 없었습니다. 그리하여 끝까지 정절을 지키고자 방법을 생각해 냈습니다. 스스로 깊은 규방에 숨어들어, 나쁜 짓을 당하지 않고 목숨을 지키려고 한 것입니다. 부모님께서도 제가 수절하는 편이 낫다고 생각하시어, 저를 외지고 으슥한 곳으로 옮기셨습니다.

* **축원문** 부처에게 자기의 희망을 알리고 그것이 이루어지기를 비는 글.

그렇게 깊은 시골에 묻혀 산 지 어언 3년이 되었습니다. 달 밝은 가을밤이나 꽃이 피는 봄날에는 마음 아파하며 헛되이 날을 보냈고, 넓은 들 가득한 구름과 흐르는 물소리를 들으며 무료하게 하루하루를 지냈습니다. 텅 빈 골짜기에 깊이 머물면서 평생 박명함을 한탄하였고, 홀로 깊은 밤 지새면서 짝을 잃고 홀로 날아다니는 오색 난새*의 외로움을 슬퍼하였습니다. 이제 세월이 흘러 저의 서러운 혼백마저 흩어졌고, 기나긴 여름밤과 겨울밤에 저의 애간장은 찢어지고 말았습니다.

　　오직 부처님께 바라오니, 저를 불쌍히 여기시어 각별히 돌보아 주시옵소서. 인간의 운명은 이미 정해져 있고 업보는 피할 수 없으나, 만약 인연이 있다면 하루빨리 만나는 기쁨을 주시옵소서. 이렇듯 간절히 바라옵니다.

　　여인은 축원문을 내려놓고 서럽게 흐느껴 울었다. 양생이 틈 사이로 그 모습을 보다가 참지 못하고 뛰쳐나가 말했다.

　　"조금 전 내려놓은 축원문에는 뭐라고 적혀 있습니까?"

　　양생은 축원문을 읽어 보고는, 웃음 가득한 얼굴로 물었다.

　　"그대는 누구시죠? 어찌 이곳에 혼자 오신 것입니까?"

* **난새** 중국 전설에 나오는 상상의 새.

"저도 사람이니, 너무 이상하게 여기고 의심할 필요는 없습니다. 당신은 좋은 배필만 얻으면 될 것이니, 굳이 저의 이름을 물어 일을 그르칠 필요는 없지 않겠습니까?"

그즈음의 만복사는 이미 낡고 무너져 가는 중이었다. 스님들은 모두 절 한구석의 조그만 방에 머물렀고, 법당 앞에는 텅 빈 행랑 한 채만이 쓸쓸히 남아 있었다. 바로 그 행랑이 끝나는 곳에 아주 좁은 판자방이 하나 있었다. 양생은 여인의 손을 잡고 그 방으로 들어갔다. 여인은 겁을 내지 않았다. 그 판자방 안에서 두 사람은 서로 아름다운 정을 나누었다. 밤은 점점 깊어 가고, 달은 동산 높이 떠올라 창가를 환히 비추었다.

그때 갑자기 발소리가 들렸다. 여인이 물었다.

"누구냐? 내 시녀가 온 것이냐?"

"예, 아씨. 전에는 중문 밖으로는 나가지도 않고, 안에서조차 몇 발자국 옮기지도 않으셨는데, 어제 저녁에 나가서 여기까지 오시다니 어떻게 된 겁니까?"

"오늘의 모든 일은 결코 우연이 아닌 것 같구나. 하느님과 부처님의 도움으로 내 님을 만나 백년해로하게 되었단다. 부모님께 미처 알리지 못하고 우리끼리 인연을 맺은 것이 예법에는 어긋나지만, 서로 기쁜 마음으로 맞이하였으니 다시없을 소중한 인연인가 싶구나. 그러니 너는 어서 집으로 가서 주안상을 갖추어 오거라."

시녀는 지시를 받고 물러갔다.

사경*이 되어서야 시녀가 차린 주안상이 펼쳐졌다. 상 위에 놓인 그릇들은 무늬 없이 소박했으며, 술에서 지금껏 느껴 보지 못한 향이 풍겼다. 양생은 미심쩍은 마음이 들었다. 하지만 여인의 말씨는 예의 바르고 웃음은 맑으며, 얼굴과 몸가짐이 매우 곱고 얌전했다. 양생은 그저 어느 귀한 집 아가씨가 담을 넘어 나온 것이라고 생각하고는 더 이상 의심하지 않았다. 여인은 양생에게 술잔을 건네고 나서, 시녀에게 노래를 불러 흥을 돋우라고 시켰다.

여인이 양생에게 말하였다.

"이 아이는 분명 옛날 노래를 부를 겁니다. 그러니 제가 새로운 가사를 하나 지어 흥을 돋우려고 합니다. 어떻습니까?"

양생이 흔쾌히 허락하자, 그녀는 〈만강홍〉이라는 노래의 가락에 새로운 가사를 지어서 시녀에게 부르게 하였다.

쌀쌀한 봄날 찬 바람에
명주 적삼 여전히 얇아
얼마나 애를 태웠는지.
향로의 불은 꺼지고 서산은 먹물처럼 어둑해져

* **사경** 하룻밤을 오경으로 나눈 것 중에 넷째 부분. 새벽 한 시에서 세 시 사이이다.

저녁 구름 하늘을 가렸다.

비단 장막 속의 원앙금침에 함께할 임 없으니

금비녀 비스듬히 반만 꽂은 채 퉁소나 불 수밖에.

덧없구나! 저 세월은 빠르게 흘러

가슴속에 번민만 가득하게 한다.

등불은 꺼지고

은빛 병풍은 낮은데

헛되이 눈물만 닦으니

누가 나를 사랑할까?

정녕 기쁜 오늘 밤!

피리를 부니 따뜻한 봄이 다시 돌아온다.

내 무덤에 첩첩 쌓인 원한이 스러지니

가늘게 〈금루곡(金縷曲)〉 한 곡 부르며 은으로 된 술잔 기울인다.

지난날 한을 품고 눈썹 찡그리며

홀로 잠을 자던 일이 후회스러울 뿐.

노래가 끝나고 나서 여인이 슬픈 표정으로 말했다.

"이전에 인연이 이어지지 않았던 사람을 오늘 이곳에서 다시 만났으니 정말 다행스러운 일이 아니겠습니까? 낭군께서 저를 버리지 않으신다면, 저는 낭군과 부부의 인연을 이어 갈까 하옵니다.

하지만 낭군께서 원하지 않으시면, 우리는 구름과 흙처럼 영원히 떨어져 있을 것입니다."

양생이 듣고는 놀랍고 고마운 마음으로 대답했다.

"내 어찌 감히 그 뜻을 따르지 않겠소?"

그러고는 여인의 범상치 않은 태도를 유심히 살폈다.

어느새 달은 서쪽 산봉우리에 걸쳐 있고, 닭 울음소리는 한적한 마을에 울렸다. 새벽을 알리는 절의 첫 종소리도 들려왔다. 날이 밝아 오자 여인이 시녀에게 명령했다.

"애야, 주안상을 거두어 돌아가거라."

시녀가 대답하는가 싶더니 어느새 사라졌다. 양생은 시녀가 어디로 갔는지 알 수 없었다. 여인이 입을 열었다.

"인연이 이미 이루어졌으니, 손을 잡고 함께 돌아갈까 합니다."

양생은 여인의 손을 잡고 마을로 나갔다. 마을 한복판을 지날 때 울타리 안에서는 개들이 짖어 댔고, 사람들은 길을 돌아다녔다. 그러나 길 가던 사람들 누구도 양생이 여자와 함께라는 것을 알아보지 못한 채 물었다.

"이른 아침부터 어디를 가시는 게요?"

"만복사에 취하여 누워 있다가, 이제 옛 친구가 사는 마을을 찾아가는 길입니다."

아침이 되자, 여인은 풀숲 우거진 사이로 양생을
이끌고 들어갔다. 이슬이 내려 촉촉했는데, 발걸음을 옮길 만한 좁
은 길조차 변변치 않았다.

양생이 물었다.

"어찌 이런 곳에 머물고 있소?"

"혼자 사는 여인네의 거처는 다 이렇답니다."

여인은 이렇게 대답하고는 다시 장난으로 《시경》*의 한 구절을
읊었다.

마을로 가는 길!

새벽이나 늦은 밤에는 왜 나가지 않을까?

이슬이 많기 때문이지.

양생도 즉시 《시경》의 한 구절로 장난스럽게 받아쳤다.

느릿느릿 서성대는 저 여우

흐르는 냇물 다리 위에 서 있네.

* 《시경》 유학 경전의 하나. 중국에서 제일 오래된 시집
으로 공자가 편찬하였다고 전해지지만, 정말 그런지는
알 수 없다.

오가는 길 평탄하다 하여

저 아가씨 이리저리 한가로이 노니네.

다 읊고 나서는 서로 한바탕 웃었다. 마침내 개령동(開寧洞)에 이
르자, 다북쑥이 들에 가득하고 가시나무가 하늘을 뒤덮은 곳에 작지
만 아름다운 집이 하나 있었다. 여인은 양생을 그곳으로 안내했다.
이부자리와 휘장이 어젯밤에 진열해 놓은 듯 잘 정돈되어 있었다.

양생은 그곳에서 사흘을 머물렀다. 평생 기억에 남을 즐거움이
었다. 시녀는 어여쁘지만 무던한 성격이었으며, 그릇은 깨끗하면
서도 소박했다. 문득 양생은 이곳이 인간 세상이 아닐지도 모른다
는 의심이 들었다. 그러나 여인을 사랑하는 마음이 날로 깊어져서,
더 이상 그런 생각은 하지 않기로 했다.

그러나 마침내, 여인이 양생에게 말했다.

"이곳의 사흘은 인간 세상의 3년과 같습니다. 낭군은 이제 집으
로 돌아가셔서 생업을 돌보세요."

헤어질 때가 되자, 양생은 안타까운 마음에 어쩔 줄을 몰랐다.

"헤어짐이 어찌 이다지도 빠르단 말이냐?"

"반드시 다시 만나 평생의 소원을 모두 풀 수 있을 것입니다.
이렇듯 누추한 곳에 오신 것도 분명 전생의 인연이 있기 때문이지

요. 이제 저의 이웃 친척들을 만나 보시겠어요?”

“좋습니다.”

여인은 곧 시녀를 보내어 사방의 이웃 친척을 모이게 하였다. 여인과 한마을에 사는 친척 정씨, 오씨, 김씨, 류씨였는데, 모두 높은 집안의 여인들이었다. 그들은 성품이 온화하고, 풍류가 있었으며, 총명하여 시를 잘 지었다. 다들 떠나는 선비를 위로하는 시를 지어 보기로 했다.

제일 먼저 정씨가 시를 읊었다. 정씨는 쪽을 진 머리에 귀밑머리가 살짝 덮여 있었는데, 고운 자태와 품격을 갖추고 있었다.

꽃과 달이 서로 아름다운 봄밤

오랜 봄날의 내 시름은 몇 해나 되었던가?

푸른 하늘에서 암수 함께 노니는 비익조(比翼鳥)*만도 못한

이내 한을 어찌할거나?

등잔엔 불빛이 없으니 밤은 얼마나 깊었는지?

북두칠성 가로 비끼고 달도 반쯤 기울었구나.

쓸쓸한 무덤에 인적이 끊어지니

---

* **비익조** 암컷과 수컷의 눈과 날개가 하나씩이어서 짝을 짓지 않으면 날지 못한다는 전설상의 새.

푸른 적삼 구겨지고 쪽 진 머리 헝클어졌네.

매화 꺾어 맺은 정겨운 약속 속절없이 어긋나
뜻하지 않은 봄바람에 모든 일이 허사로다.
베갯머리에 눈물 자국 얼마나 젖었던가?
무심한 산비에 배꽃만 뜰에 가득.

봄날의 마음속 일은 이미 사라져
적막한 산속에서 잠 못 이룬 날이 몇 밤인가?
아직 나를 만나려고 지나가는 사람 하나 없으니
어느 해에 이내 님을 만나려나?

이어서 두 갈래로 머리를 땋은 가냘픈 오씨가 심경을 감추지 못하고 읊었다.

절에 향 올리고 돌아오는 길
금전을 던지고 빈들 그 누가 인연을 맺어 줄까?
꽃 피는 봄, 가을 달밤에 끝없는 이 원한을
한 잔 술로 녹일 수밖에.

복사꽃 붉은 뺨에 새벽이슬 흠뻑 젖고
한창 봄날에도 나비조차 오지 않는 깊은 골짜기.
이웃집에서 인연을 다시 만난 것이 절로 기뻐
새 곡조 다시 부르며 황금 술잔을 채운다.

해마다 오는 제비는 봄바람에 춤을 추건만
애끊는 임 그린 마음 모든 일이 허망하다.
부러워라. 저 연꽃은 한 꽃받침에 나란히 피어
깊은 밤이면 연못에서 함께 목욕하는구나.

푸른 산속 우뚝 솟은 누각에
다른 뿌리에 가지가 하나 되어 붉은 꽃 피운 연리지*.
우리 인생 저 나무만 못함을 한탄하나니
박명한 이 청춘에 눈물만 가득하다.

다음으로 김씨가 몸가짐을 가다듬더니, 지금까지 읊은 시들을
꾸짖었다.
　"음탕하고 너무 말이 많습니다. 오늘은 단지 이 자리의 광경을

---

* **연리지** 두 나무의 가지가 서로 엉켜 한 나무처럼 자라는 것.

읊기만 하면 됩니다. 어찌 속마음을 다 내보여서 인간 세상에 우리들의 속내를 알리려고 하십니까?"

　그러고는 낭랑하게 시를 읊기 시작했다.

　　두견이 울어 새벽을 알리고
　　희미한 은하수는 이미 동쪽으로 기울었다.
　　옥퉁소를 다시는 불지 마오.
　　우리네 멋진 경치를 평범한 이들이 알까 두려우니.

　　향기로운 술을 금술잔에 가득히 따르리니
　　술이 많다 사양 말고 취하도록 받으시오.
　　내일 아침 땅을 말 듯한 기세로 동풍이 불어오면
　　한갓 봄날 경치 꿈같이 사라지리니…….

　　초록 비단 소맷자락 부드럽게 드리우고
　　피리와 거문고 소리에 백 잔 술이 오고 간다.
　　맑은 흥취 아직 남아서 돌아가지 못하니
　　다시금 새로운 말로 새 노래 지어 본다.

　　구름같이 고운 머리에 먼지만 날린 지 몇 해인가?

오늘에야 임을 만나 굳은 얼굴 겨우 폈네.

신녀(神女)를 만나 사랑한 신이한 모든 일이

그저 흥미로운 이야기로 세상에 전해지게 하지 마소.

마지막으로 엷은 화장에 흰옷을 입고 있는 류씨가 나섰다. 화려
하지는 않았지만 행동거지에 법도가 있어 보였다. 류씨는 말없이
그저 엷은 미소만 지으며 시를 읊었다.

굳세게 정절을 지켜 온 지 몇 해나 되었나?

향기로운 넋과 옥 같은 몸은 구천*에 깊이 묻혀

그윽한 봄밤이면 달나라 항아*와 벗을 삼고

우거진 계수나무 꽃그늘에 즐겨 홀로 잠잔다.

우습다! 복사꽃 오얏꽃은 봄바람에 못 이겨서

하늘 가득 나부끼다 남의 집에 떨어진다.

평생 지킨 내 절개에 똥파리의 더러움을 묻히지 마라.

잘못하여 곤륜산* 귀한 옥에 티가 될 수 있으니까.

* **구천** 땅속 깊은 밑바닥이라는 뜻으로, 죽은 뒤에 넋이 돌아가는 곳을 이르는 말.
* **항아** 중국 신화에 나오는 달의 여신.
* **곤륜산** 중국 전설상의 높은 산. 중국의 서쪽에 있으며, 옥이 난다고 한다.

연지도 분도 멀리하여 머리는 다북쑥 같아

향 담은 상자에는 먼지 쌓이고 거울에는 푸른 녹이 슬었다.

오늘 아침 다행히도 이웃집 잔치에 끼어 보니

내 모습 부끄럽게 저 여인네 머리에 꽂은 꽃은 더욱 붉어라.

아가씨가 귀한 낭군을 만났으니

하늘이 정하신 인연 정녕 아름다워라.

월하노인*이 이미 두 사람을 이어 줬으니

이제부터 서로 아끼고 존경하며 지내소서.

여인은 류씨의 마지막 구절에 감사의 뜻을 표하고는 자리에서 일어나며 말하였다.

"저도 어설프게나마 글자를 알고 있습니다. 어찌 저만 홀로 시를 짓지 않을 수 있겠습니까?"

여인은 바로 시를 지어서 읊었다.

개령동 골짜기에서 봄날 시름을 품고

꽃 피고 질 때마다 온갖 근심 사무친다.

* **월하노인** 부부의 인연을 맺어 준다는 전설상의 늙은이.

무산* 골짜기 구름 속에 고운 님 여의고
소상강 대숲에서 울어 울어 눈물 가득.

따뜻한 날 맑은 강에는 원앙이 짝을 짓고
구름 걷힌 푸른 하늘에는 비취새가 쌍쌍이 노닌다.
부부가 되어 같은 마음의 실을 맺었으니
맑은 가을 원망하는 버려진 여름 비단부채가 되지 말게 하오.

글을 잘 짓는 양생이 보기에도 여인들의 시 짓는 수준이 맑고 높은 데다가 운율 또한 아름다웠다. 양생은 여인들의 글솜씨를 칭찬하고는, 곧바로 긴 시 한 편을 지어 화답하였다.

이 밤이 어인 밤이기에
이처럼 아름다운 선녀를 만났는가?
꽃 같은 얼굴 어찌 이리 고운지
붉은 입술은 앵두 같아라.

시는 더욱 교묘하여

---

* **무산** 중국 사천성에 있는 산. 초나라 양왕이 낮잠을 자다가 꿈속에서 무산의 선녀를 만나 하룻밤을 보냈다는 전설이 있다.

문장으로 이름난 이안조차 입을 떼지 못하리라.

직녀 아씨가 베틀 버려두고 인간 세계로 내려왔나?

항아가 방아 버리고 달나라를 떠났는가?

정갈한 몸단장이 화려한 자리를 비춰 주니

오가는 술잔 속에 잔치가 즐겁구나.

남녀의 정분에는 익숙하지 못하지만

조금씩 술 마시고 낮은 소리로 노래 부르며 서로 즐긴다.

신선 세계로 잘못 들어온 것이 도리어 기쁨이 되니

선녀들의 세상에서 풍류인들을 만났구나.

맑은 술은 꽃다운 잔에 가득 차고

향불의 고운 내음 금사자 화로에서 피어난다.

백옥 상 앞으로 향기가 흩날리고

실바람은 푸른 비단 장막을 살랑인다.

임과 내가 만나 술잔을 합하니

하늘의 오색구름도 어느덧 서로 얽히는구나.

진나라 때 문소가 선녀 채란을 만났고

한나라 때 장석이 선녀 난향을 만났듯이
사람이 서로 이어지는 것은 정해진 인연이니
모름지기 잔을 들어 서로 흠뻑 취해나 보자.

낭자는 어찌 가벼이 말을 하시는가?
내 어이 가을바람에 비단부채 버리겠소?
태어나 죽고 다시 태어나도 배필이 되어
꽃 피고 달 밝은 아래에서 서로 느껴 노니리라.

마침내 술도 다 떨어지고 이별의 순간이 오자, 여인이 은그릇 하나를 양생에게 주면서 말했다.

"저를 버리지 않으시겠지요? 내일 부모님께서 보련사에 가서 절 위해 음식을 올리실 것입니다. 길에서 기다리고 계시다가 함께 보련사로 가서 부모님을 뵙는 것이 어떨는지요?"

"좋습니다."

다음 날, 양생은 약속대로 그녀가 준 은그릇을 들고 길에서 기다렸다. 그러자 정말로 어떤 양반집에서, 딸의 제사를 치른다며 수레와 말에 물건을 가득 싣고 보련사로 올라가는 게 보였다.

하인이 양생을 보더니 주인에게 귀띔했다.

"아가씨 장례 때 무덤 속에 같이 묻은 귀한 물건들이 도굴당한 것 같습니다요!"

주인 영감이 깜짝 놀랐다.

"그게 무슨 말이냐?"

"저자가 가지고 있는 은그릇 말입니다. 그때 묻었던 은그릇 같습니다요."

주인 영감이 곧바로 양생에게 어떻게 된 일인지 물었다. 양생은 전날 여인과 약속한 그대로 대답하였다. 영감 부부는 한참 동안 의아하게 여기다가 말하였다.

"우리 부부에겐 외동딸이 있었다네. 그런데 왜구의 난리를 만나 전쟁 통에 그만 죽고 말았지. 미처 장례도 치르지 못하고 개령사라는 절 근처에 임시로 묻어 두었어. 그 후, 이래저래 장례를 미루어 오다가 시간이 지났네. 오늘은 내 딸자식이 죽은 지 만 두 돌이 되는 날이야. 그래서 잠시나마 부처님께 공양을 올려 명복을 빌어 주려는 것일세. 자네 말이 사실이라면, 내 딸자식을 기다렸다가 함께 오게나."

말을 마치고는 먼저 떠났다. 양생은 그 자리에 우두커니 서서 기다렸다. 약속하였던 시간이 되자, 정말로 여인이 계집종을 거느리고 하늘하늘 걸어왔다.

두 사람은 서로 기뻐하면서 손을 잡고 절로 향하였다. 절 문에 들어서자 여인은 먼저 부처님에게 예를 드리고는 하얀 휘장 안으로 들어갔다. 부모와 친척, 그리고 스님들은 여인을 보지 못하였다. 그들은 보지 못하니 믿지도 않았다. 그러나 양생만은 그녀를 볼 수 있었다.

여인이 양생에게 말을 건넸다.

"같이 차와 음식이나 드시지요."

양생이 그녀의 말을 알리자, 그녀의 부모는 시험해 보기 위해 둘이 같이 밥을 먹게 하였다. 그랬더니 인간 세상에서 밥 먹을 때와 똑같은 수저 소리가 들렸다. 그녀의 부모는 놀라고 탄식하며, 양생에게 휘장 옆에서 딸과 함께 밤을 지내게 하였다. 한밤중까지 두 사람의 말소리가 낭랑하게 울리다가도, 사람들이 자세히 들으려고 하면 바로 끊어졌다.

여인이 양생에게 말하였다.

"제가 여인이 지켜야 할 정숙한 법도를 어겼다는 것은 잘 알고 있습니다. 어렸을 때에 책을 읽어 예의가 무엇인지를 어렴풋이나마 알고 있지요. 하오나 오랫동안 다북쑥에 묻히고 들판에 버려져 있던 상황에서 한번 사랑하는 마음이 일어나니, 끝내 걷잡을 수가 없었습니다. 지난번 부처님 앞에서 박명함을 홀로 탄식하다가, 뜻하지 않게 깊은 인연으로 낭군을 만났습니다. 저는 부부가 되어 영원히 낭군의 높은 절개를 받들고, 술도 빚고 옷도 기우며 일평생

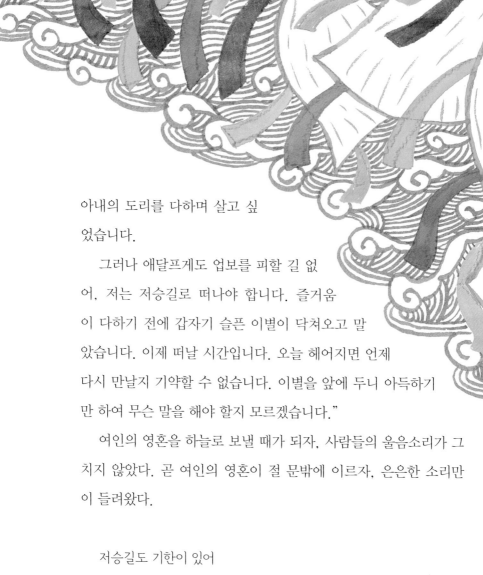

아내의 도리를 다하며 살고 싶
었습니다.

　그러나 애달프게도 업보를 피할 길 없
어, 저는 저승길로 떠나야 합니다. 즐거움
이 다하기 전에 갑자기 슬픈 이별이 닥쳐오고 말
았습니다. 이제 떠날 시간입니다. 오늘 헤어지면 언제
다시 만날지 기약할 수 없습니다. 이별을 앞에 두니 아득하기
만 하여 무슨 말을 해야 할지 모르겠습니다.”

　여인의 영혼을 하늘로 보낼 때가 되자, 사람들의 울음소리가 그
치지 않았다. 곧 여인의 영혼이 절 문밖에 이르자, 은은한 소리만
이 들려왔다.

　저승길도 기한이 있어
　슬프지만 이별할 수밖에.
　내 낭군께 바라오니
　잊지는 마옵소서.

애달프다! 우리 부모
나를 짝지어 주지 못하셨네.
아득한 저승에서
마음속 깊은 한 맺히겠네.

그 소리마저 점점 작아져 사람들의 울음소리에 섞였다. 여인의
부모는 양생의 말이 모두 사실임을 깨달았다. 양생도 여인이 귀신
임을 확인하고는 마음이 너무 아파 견딜 수 없었다. 양생은 여인의
부모와 머리를 맞대고 울었다. 얼마 후에 여인의 부모가 양생에게
말하였다.

"은그릇은 자네 마음대로 쓰게. 딸아이 몫으로 되어 있는 밭 몇
마지기와 노비 몇 명도 자네가 갖게. 그것을 믿음의 증표로 삼아
내 딸아이를 잊지 않았으면 하네."

이튿날 양생은 고기와 술을 마련하여 여인과 함께 갔었던 개령
동을 찾았다. 그곳에는 정말로 시신을 임시로 묻어 둔 무덤이 있었
다. 양생은 제물을 차려 놓고 큰 소리로 통곡했다. 그러고는 저승
가는 데 노자로 쓰라며 종이돈을 불사르고, 여인을 위해 장례를 치
를 때 제문*을 지어 위로하였다.

* **제문** 죽은 사람에 대하여 슬퍼하는 마음을 나타낸 글.

아아. 영혼이시여. 그대는 태어나면서부터 성품이 온순하였고, 자라서는 맑고 깨끗하였네. 그대의 모습은 아름다웠고 그대의 문장은 너무나 뛰어났소. 집 밖으로는 나간 적이 없고, 부모의 가르침도 잘 따랐네. 난리 통에 정조를 끝까지 지켜 냈지만 왜구에게 목숨을 잃고 말았구려. 다북쑥 속에 몸을 내맡기고 홀로 지내면서, 꽃 피고 달 밝은 밤에는 가슴 시려하였네. 애끊는 봄바람이 불면 두견새 울음소리에 슬퍼하고, 서리 내린 가을에는 가슴이 찢어져 버림받은 비단부채를 보며 탄식하였다네. 지난번 밤에 한번 만나자마자 마음이 서로 엮이고 이어졌네. 비록 저승과 이승이 서로 다른 것을 알면서도 짝을 만난 기쁨이 너무나 컸기에 백년해로하자고 맹세하였는데, 어찌 하룻저녁 사이에 이리 슬피 헤어질 줄 알았겠소?

이제 그대가 달나라의 항아가 되고 무산의 선녀가 된다 해도, 땅이 어두워 가기 어렵고 하늘이 막막해서 바라보기 어렵구려. 나는 집에 들어가면 멍하니 말도 못 하고, 밖에 나가서는 정신이 아득해져 어디를 가야 할지 모른다오. 그대의 영혼을 모신 휘장을 볼 때마다 흐느껴 울고, 그대에게 술을 올릴 때마다 마음이 더욱 슬퍼진다오. 아리따운 모습이 눈에 보이는 듯하고, 낭랑한 목소리가 귀에 들리는 듯하네.

아아. 그대의 성품은 총명하였고, 그대의 기상은 진실하였소. 살

앉을 때의 정신은 비록 흩어졌다지만 혼령이야 어찌 없겠소? 그 혼 인간 세상의 뜰에 올랐는지요? 혹시 향기에 어리어 내 옆에 있는지요? 비록 삶과 죽음이 다르다 해도 그대가 이 글에 답해 주기를 바라오.

장례를 치른 뒤, 슬픔에 복받친 양생은 밭과 집을 모두 팔아 여러 번 여인의 극락왕생을 바라는 제사를 올렸다. 그러던 어느 날 저녁, 공중에서 여인이 양생을 불렀다.

"낭군의 정성에 힘입어, 저는 이미 다른 나라에서 남자로 태어나게 되었습니다. 비록 저승과 이승을 사이에 두고 있지만, 낭군의 두터운 은혜에 깊이 감사드립니다. 낭군께서도 불교에 전념하시어 속세의 업보에서 벗어나십시오."

그 후 양생은 다시는 장가들지 않고 지리산으로 들어가 약초를 캐며 살았는데, 어떻게 되었는지는 아무도 모른다.

이생규장전

李生窺牆傳

·

이생이 담장 안을 훔쳐본 이야기

·

송도의 낙타교 옆에 이생이라는 사람이 살았다. 나이는 열여덟로, 멋스럽고 빼어났으며 자질도 훌륭했다. 이생은 국학에서 공부하였는데, 길가에서도 언제나 책을 읽었다.

　　선죽리에는 높고 귀한 집안의 딸인 최 낭자가 살고 있었다. 나이는 열대여섯 정도 되었는데, 무척 곱고 예쁜 데다가 자수에 뛰어나고 시도 잘 지었다.

　　사람들은 두 사람을 두고 이렇게 칭찬했다.

　　이생은 풍류남자이고,
　　최 낭자는 요조숙녀일세.
　　그 재주와 아름다움을 먹을 수 있다면
　　어떤 배고픔도 채울 수 있겠네.

　　책을 끼고 국학에 갈 때면 이생은 늘 최 낭자의 집을 지나갔다. 하늘거리는 수양버들 수십 그루가 최 낭자의 집 북쪽 담장을 둘러싸고 있었다. 이생은 그 수양버들 아래에서 쉬어 가곤 했다.

　　어느 날, 이생은 문득 담장 안을 살펴보았다. 그곳에는 이름난 꽃들이 활짝 피어 있고, 벌과 새들이 다투어 노래하고 있었다. 그 옆의 꽃 무더기 속에는 조그만 누각이 서 있었다. 주렴*이 반쯤 드리워져 있었고, 비단 장막 너머로 최 낭자의 모습이 보였다.

　최 낭자는 수놓기가 지겨운지 바느질을 멈추고 턱을 괴더니 시를 읊었다.

　　자수를 놓는 둥 마는 둥 홀로 비단 창가에 앉는데
　　온갖 꽃들 속에서 꾀꼬리는 정겹게 지저귀네.
　　제멋대로 부는 봄바람에 마음을 잡지 못해
　　수놓던 바늘을 던지고 말없이 그저 멍한 생각뿐.

* **주렴** 구슬 따위를 엮어서 만든 발.

길가의 저 선비는 어느 집 사람인가?

깃 푸른 옷에 넓은 띠가 수양버들 사이로 언뜻 비치네.

어떻게 해서든 집 안에 날아드는 제비가 되어

주렴을 낮게 스치고 담장을 빗겨 넘을 텐데.

이생은 화답시를 지어 재주를 보여 주고 싶은 마음이 굴뚝같았
다. 그러나 최 낭자 집안의 문은 높고, 안채는 깊숙한 곳에 있었기
에 방법이 없었다. 이생은 찜찜한 마음으로 자리를 떴다.

참다못한 이생은 마음을 표현하기로 다짐했다. 국학에서 돌아
오는 길, 이생은 흰 종이에 시 3편을 써서 기와와 함께 묶어서 담
장 안으로 던졌다. 시의 내용은 이러하였다.

무산의 열두 봉우리에 안개가 짙게 덮였는데

반쯤 보이는 뾰족한 봉우리는 붉고도 푸르구나.

더 이상 초나라 양왕을 외로이 잠들게 하지 말고

구름과 비 되어 양대(陽臺)에서 신녀와 만나게 하자고요.

옛날 사마상여는 탁문군을 꾀어내고자

마음속 깊은 정을 다 풀어냈지.

붉은 담장에 흐드러진 복사꽃과 오얏꽃은

바람 따라 흩날려 어느 곳에 떨어지나?

좋은 인연일까? 나쁜 인연일까?
부질없이 걱정하니 하루가 일 년 같다.
시를 통해 이미 인연이 이루어졌으니
언제쯤 남교에서 선녀를 만날 수 있을까?

최 낭자가 계집종 향아더러 시를 가져오게 했다. 이생의 시였다. 펼쳐서 두세 번 거듭 읽더니, 최 낭자의 얼굴이 밝아졌다. 최 낭자는 종이에 "그대여, 의심하지 마시고 저녁때 만나기로 해요."라고 짤막하게 쓰고는 담장 밖으로 던졌다.

이생은 편지에 쓰인 대로 어두워졌을 때 최 낭자 집으로 갔다. 밖에서 서성이는데 복사꽃나무 가지 하나가 담장 밖으로 넘어와 있는 것이 보였다. 하늘거리는 그림자를 살펴보니, 대나무 바구니가 매달려 있는 그넷줄이었다. 이생은 그 줄을 잡고 담을 넘었다.

때마침 달이 동산에 떠오르고 땅에 꽃 그림자가 졌다. 온통 사랑스럽고 맑은 향기가 가득했다. 이생은 신선의 세계에 들어온 것만 같아 기뻤으나, 사랑의 일은 워낙 은밀한 것이기에 온몸의 털이 쭈뼛 설 정도로 긴장되기도 했다.

주위를 둘러보니 머리에 아름다운 꽃을 꽂은 최 낭자가 시녀 향아와 함께 기다리고 있었다. 최 낭자는 으슥한 곳에 자리를 깔고, 이생을 향해 미소 지으며 시를 지어 읊었다.

복숭아나무와 오얏나무 가지 사이에 꽃이 탐스럽고
원앙금침에는 달빛이 아름답다.

이생이 이어서 지었다.

훗날 우리의 사랑이 다른 이의 눈에 띄면
혹독한 시련에 더욱 가련해지리라.

이생의 시를 듣더니 최 낭자의 얼굴빛이 어두워졌다.
"저는 낭군과 부부가 되어 평생 즐겁게 살고자 하는데, 낭군께
서는 어찌 걱정으로 가득하십니까? 사내대장부가 이런 나약한 말
을 하다니요. 저는 비록 여자이지만 마음이 평온합니다.

뒷날 오늘 이곳에서 일어난 일 때문에 부모님께서 꾸지람하신다고 해도, 제가 모두 책임지고 감당할 것입니다. 향아야! 어서 술과 과일을 가져오너라.”

향아가 물러갔다. 사방은 고요하여 어떤 인기척도 없었다.

이생이 물었다.

“여기가 어디입니까?”

“북쪽 동산, 연못 주변에 있는 작은 누각 아래입니다. 부모님께서 외동딸인 저를 매우 사랑하시어 특별히 이 누각을 지어 주셨습니다. 봄에 온갖 꽃이 가득 피면, 제가 이곳에서 시녀와 함께 노닐기를 바라셨지요. 부모님이 머무시는 곳은 이곳과 멀어서, 웃고 떠들어도 서로 들리지 않습니다.”

말을 마치고 최 낭자가 이생에게 술 한 잔을 권하며 시 한 편을 지었다.

누각의 굽은 난간 연못에 우뚝한데
연못가 꽃 무더기 속에서 사람들이 속삭인다.
향기로운 안개 자욱하고 봄빛이 화창하니
새로 가사를 지어서 부른다.
달빛은 꽃그늘에서 털방석으로 옮겨 가고
함께 긴 꽃가지 잡으니 붉은 꽃잎이 비처럼 쏟아진다.

향기가 바람에 쓸려 옷 속에 스며드니
임을 만난 여인이 봄볕 아래 춤을 춘다.
비단 적삼이 가볍게 해당화 가지를 스치자
꽃 속에서 잠자던 앵무새 놀라 깬다.

이생도 곧바로 화답하였다.

꽃이 활짝 핀 이상향에 잘못 들어와
말할 수 없을 정도로 그리운 마음 품었네.
검푸른 쪽 진 머리에 금비녀 다소곳이 꽂고
깔끔한 봄 적삼은 푸른 모시로 마름질하였구나.
연꽃은 애초에 봄바람에 꺾었나니
다른 많은 가지들은 비바람 맞게 하지 마시오.
선녀의 소매는 나부끼고 그림자도 살랑거리는데
계수나무 그늘에서 미인이 춤을 추네.
좋은 일에는 반드시 근심이 따르는 법이니
함부로 노래를 지어 앵무새를 가르치지 마시오.

최 낭자가 이생에게 말하였다.
"저희의 만남은 필시 하찮은 인연이 아닙니다. 저를 따라오시어 깊이 마음을 나누는 것이 좋겠습니다."

최 낭자는 북쪽의 들창을 통해 누각으로 들어갔다. 이생도 최 낭자를 뒤따랐다. 사다리를 타고 올라가니 정갈하게 정리된 내부가 보였다. 한쪽 벽에는 이름난 그림들도 걸려 있었다. 그림 위에는 누가 지었는지 알 수 없는 시가 적혀 있었는데, 첫 번째 시는 이러했다.

누가 붓끝에 힘이 남아
강 한가운데 첩첩 산을 그렸는가?
웅장하구나! 삼만 길이나 되는 방장산이여!
아득한 구름 사이로 반만 드러났구나.
멀리 산세는 아득하여 몇 백 리에 뻗었는데
가까이 보이는 푸른 산봉우리는 높고도 웅대하다.
끝없는 푸른 물결은 공중에 닿고
저녁노을 멀리 바라보며 고향 생각에 시름한다.
이 그림이 사람을 쓸쓸하게 하니
바람 불고 비 내리는 소상강 물굽이에 배 띄운 것은 아닌지.

두 번째 시이다.

쓸쓸히 바람 부는 그윽한 대나무 숲에서는 소리가 나는 듯하고
높고 우뚝한 고목은 정을 품은 듯하다.
얽혀 있는 굳센 뿌리에는 이끼가 끼었고
높이 뻗은 늙은 가지는 바람과 천둥을 물리친다.
가슴 깊이 조화를 간직하고 있으니
그 오묘한 이치를 어찌 다른 사람과 이야기하랴!
뛰어난 화가들은 이미 귀신이 되었으니
천기를 누설할 자 몇이나 있을까?
맑은 창가에 우두커니 앉아 그림을 마주하고는
즐겨 환상의 붓놀림을 보다가 삼매경에 빠져든다.

또 다른 벽에는 사계절의 풍경을 읊은 4폭의 종이가 붙어 있었다. 이 또한 누가 지었는지 알 수 없었다. 다만 원나라 서화가 조맹부를 본받은 필체가 매우 정교하고 아름다웠다.
봄을 노래한 첫째 폭의 시이다.

연꽃 그린 장막 안은 따스하고 향기는 실처럼 퍼지는데
창밖에는 봄비가 부슬부슬.
누각에서 울리는 새벽 종소리에 어렴풋 깨어 보니
때까치가 목련꽃 핀 언덕에서 우짖는다.

제비는 날로 커 가는데 방 깊숙이 들어앉아
게으름에 말도 없이 수놓던 금바늘을 멈춘다.
꽃나무 아래로는 나비들이 쌍쌍이 날며
그늘진 정원에서 떨어지는 꽃을 다투어 따라간다.

약간의 한기가 푸른 비단 치마 속으로 들어오면
공연히 봄바람에 남몰래 애간장 끓인다.
끊임없는 이내 정을 누가 알까?
온갖 꽃 무더기 속에서 원앙이 춤추는구나.

깊어 가는 봄빛이 이곳에 잠겨
짙은 홍색과 옅은 푸른색이 비단 창가에 어린다.
뜰 가득 핀 꽃에 봄날 시름이 괴로워
주렴을 가볍게 걷고 지는 꽃 바라본다.

여름을 노래한 둘째 폭의 시이다.

밀 이삭 처음 열리고 어미 제비는 비껴 나는 때
남쪽 동산에 석류화가 두루 피었네.
푸른 비단 창가에서 가위질하는 아가씨는

붉은 치마 만들어 보려고 자줏빛 비단을 재고 자른다.

매실이 익는 초여름에 비가 부슬부슬 내리니
꾀꼬리는 회나무 그늘에서 울고 제비는 주렴 안으로 날아든다.
또 한 해의 봄 풍경이 시들어 가니
여름 되어 멀구슬나무 꽃은 떨어지고 죽순이 올라온다.

손으로 봄 살구를 따서 꾀꼬리에게 던진다.
바람은 남쪽 난간에 불고 해 그림자 더디 진다.
연꽃잎 향기는 벌써 피어나고 연못에는 물이 가득
푸른 물결 깊은 곳에서 가마우지가 몸 담근다.

등나무 평상에는 물결무늬 아롱지고
소상강 그린 병풍에는 구름 한 자락.
게으름에 겨워 낮잠에서 깨어나지 못하는데
반쯤 열린 창가에 지는 햇살이 비치고 서쪽 하늘 노을 든다.

가을을 노래한 셋째 폭의 시이다.

사각사각 가을바람 불어 이슬이 맺히고

환하게 빛나는 가을 달빛에 맑은 물 더욱 푸르다.
한 소리 또 한 소리 기러기 울며 돌아가고
가을 우물에 오동잎 지는 소리 다시 들리네.

침상 밑 온갖 곤충은 처량하게 울어 대고
침상 위 아름다운 여인이 눈물 떨군다.
만 리 먼 곳의 전쟁에 나간 임이여!
오늘 밤 그곳에도 달이 밝겠지.

새 옷을 지으려는데 가위가 차가워
나직이 계집종 불러 다리미를 가져오게 한다.
어느새 다리미 속 불 꺼진 것도 살피지 못하고
가늘게 현악기 타면서 머리를 긁적인다.

작은 못가에 연꽃은 지고 파초도 누레지니
원앙 그린 기와에는 새 서리가 내렸다.
옛 근심과 새로운 한을 금할 수 없는데
임과 자던 방에서는 귀뚜라미 울음소리만 들린다.

겨울을 노래한 넷째 폭의 시이다.

한 가지 매화 그림자가 창을 가로지르고
바람 센 서쪽 행랑에는 달빛이 더욱 밝다.
화롯불 꺼지지 않게 금빛 부젓가락으로 헤치고는
바로 시비를 불러 차 달이는 주전자 바꾸게 하네.

숲속의 잎들은 한밤중 서리에 자주 놀라고
회오리바람이 눈을 날려 긴 회랑에 들이치네.
끝없는 밤에 뒤척이며 임 그리는 꿈을 꾸니
모두 추운 북쪽 사막 옛 전쟁터에 있네.

온 창에 가득 비친 붉은 햇볕은 봄처럼 따스하여
근심에 잠긴 미간에 졸음이 밀려온다.
병에 담긴 매화는 반쯤 피었는데
수줍음에 말없이 원앙만 수놓는다.

살 에는 서릿바람이 북쪽 숲을 스치고
까마귀 달을 보며 울어 마음이 쓰인다.
등불 앞에서 임 생각에 눈물이 흘러
수놓던 실에 떨어지니 바늘이 살짝 흔들리네.

한쪽 옆에는 따로 작은 방 하나가 있었는데, 휘장 아래에 요와 이부자리와 베개가 잘 정돈되어 있었다. 휘장 밖에서는 향불을 태우고 있었다. 난초 기름으로 등불을 켜 놓아서인지 주위가 대낮처럼 밝았다. 이생과 최 낭자는 그곳에서 마음껏 사랑을 나누었다.

　며칠이 지난 뒤 이생이 최 낭자에게 말하였다.

　"옛 성인께서는 멀리 나갈 때 반드시 부모에게 가는 곳을 알려야 한다고 하셨습니다. 그런데 제가 아침저녁으로 부모님을 살피지 못한 지 벌써 3일이나 되었습니다. 분명 부모님께서는 제가 오기만을 기다리고 계실 겁니다. 이는 자식 된 도리에 어긋나는 일이지요."

　최 낭자는 서운해하면서도 고개를 끄덕이고는 이생을 배웅해 주었다.

　그곳을 떠난 뒤에도 이생은 저녁만 되면 최 낭자를 찾아왔다.

　어느 날 저녁, 이생의 아버지가 물었다.

　"너는 옛 성인의 말씀을 배우기 위해서 아침에 나갔다가 저녁에 돌아와야 마땅하다. 그런데 어찌하여 어두울 때 나갔다가 새벽에 돌아오느냐? 필시 담을 넘어가 남의 처자나 넘보는 경박한 행동을 하고 다니는 게 분명하다. 만약 이 일이 탄로 나면, 사람들은 모두 내가 자식을 올바르게 가르치지 못했다며 나무랄 것이다. 게다가 혹시나 그 여자가 지체 높은 집안 딸이라면, 너의 미친 짓 때문에 그 집안을 욕보이는 꼴이 된다. 이는 가벼운 일이 아니다. 어서 영남 땅으로 내려가 노비를 이끌고 농사일이나 감독하여라. 그리고 다시는 돌아오지 마라."

아버지는 바로 다음 날, 이생을 울산으로 내쫓았다.

최 낭자는 그런 줄도 모르고 매일 저녁 화원에서 이생을 기다렸다. 최 낭자는 이생이 병이 난 줄 알고, 향아를 시켜 이생의 이웃에게 은밀하게 물어보도록 하였다. 이웃이 말했다.

"이생이 부모님께 죄를 지었다고 합니다. 벌써 몇 달 전에 영남 쪽으로 쫓겨 갔다지요."

소식을 들은 최 낭자는 시름시름 앓다가 그만 병이 들고 말았다. 자리에서 일어나지 못하고, 아무것도 먹지 못했다. 몸이 점점 마르더니 헛소리를 하기까지 했다. 부모가 이상하게 여겨 어디가 아프냐고 물었지만, 최 낭자는 아무 말도 하지 않았다. 마침내 부모는 최 낭자의 상자를 뒤져, 이생과 나눈 시를 찾아내고는 깜짝 놀라 물었다.

"하마터면 우리 딸을 잃을 뻔했네. 도대체 이생이 누구냐?"

최 낭자도 더는 숨기지 못하고 가느다란 목소리로 말하였다.

"부모님께서 길러 주신 은혜가 깊어 더 이상 숨길 수가 없습니다. 가만히 생각해 보면 남녀의 사랑은 참으로 중요한 일입니다. 그래서 《시경》에는 좋은 짝을 만나라는 노래가 있는가 하면, 《주역》에는 여자가 정조를 지키지 못하면 흉하다는 경계도 있었습니다.

저는 버들가지처럼 연약한 몸으로, 버림받을 것은 생각지도 않고 정조를 잃어 남들의 비웃음을 받게 되었습니다. 덩굴이 나무에 감아 오르듯이, 저는 음탕한 여자의 행실을 하였습니다. 그 죄가 가득 차서 가문에까지 화가 미치게 되었습니다.

그런데 저 고약한 이생은 한번 저를 만나 정을 통한 뒤로 통 소식이 없습니다. 이생에 대한 원망이 끝없이 생겨났지요. 연약한 몸으로 근심하며 외로이 지내다 보니 사모하는 정은 더욱 깊어지고, 병은 날이 갈수록 심해졌습니다. 이제 저는 죽어서 불운한 귀신이 될 지경에 이르고 말았습니다. 부모님께서 저의 소원을 들어주신다면 남은 목숨은 살 수 있겠으나, 혹시라도 저의 정성된 간청을 물리치신다면 죽음만이 있을 뿐입니다. 이생과 저승에서 다시 만나는 한이 있더라도 다른 가문에는 절대로 시집가지 않겠습니다."

최 낭자의 부모는 말뜻을 알아차리고, 다시 묻지 않았다. 다만 타이르고 달랠 뿐이었다.

마침내 부모님은 혼인의 예를 갖추어 이생 집안에 뜻을 전했다. 이생의 집안은 최 낭자 집안이 얼마나 높은 가문인지 알게 되더니 이렇게 말하였다.

"우리 집안의 못난 자식이 어린 나이에 경솔하게 행동했다는 점은 인정합니다. 하지만 학문에 뛰어나고 잘생긴 젊은이지요. 머지않아 과거에 급제할 것이고, 훗날 세상에 이름을 날릴 것이기에 급하게 혼인하고 싶지는 않습니다."

중매쟁이가 돌아와 이 말을 전하자, 최 낭자 집안에서 다시 중매쟁이를 보냈다.

"주변에서 그 댁 아드님의 재주가 뛰어나다고 칭찬합니다. 지금은 비록 움츠리고 있지만 나중에 분명 큰 인물이 될 것입니다. 빨리 혼삿날을 정하여 두 집안이 하나 되는 즐거움을 이루면 좋지 않겠습니까?"

이 말을 전해 들은 이생의 아버지가 또다시 뜻을 전했다.

"나도 소싯적부터 책을 끼고 공부하였으나, 늙도록 이룬 것이 없었습니다. 노비들은 도망가고 친척들도 도와주지 않아서 집안 살림이 궁색해졌지요. 그런데 크고 높은 가문에서 어찌 일개 가난한 선비를 사위로 삼으려 하시는지요? 이는 반드시 누군가 우리 집안에 대해 과장하여 귀 가문을 속인 것일 겁니다."

이를 들은 최 낭자 집에서 딱 잘라 말했다.

"혼인의 절차와 옷차림은 모두 우리 집안에서 준비하겠습니다. 그러니 속히 좋은 날을 골라서 혼삿날을 정하는 편이 좋겠습니다."

결국 이생의 집안에서도 뜻을 받아들여야겠다고 마음먹게 되었다. 부모님은 이생을 불러와 최 낭자와 혼인하겠냐고 물었다. 이생은 기쁨을 이기지 못하고 시를 지었다.

깨진 거울이 합쳐져 다시 둥글게 되듯 만날 때가 되었으니
은하수의 까치들이 아름다운 기약을 도와준다.
이제 월하노인이 붉은 줄을 두 사람에게 묶고 갔으니
봄바람에 외로이 울어 대는 소쩍새를 원망하지 마오.

최 낭자도 소식을 듣고는 병이 나아서 시를 지었다.

나쁜 인연이 좋은 인연이 되어
맹세했던 말이 마침내 이루어졌네.
언제 함께 부부가 될까?
다른 사람 부축을 받고 일어나 꽃 비녀 단장한다.

마침내 둘의 혼례가 이루어졌다.

이생과 최 낭자 부부는 서로 소중한 손님을 대하듯 아껴 주고 사랑하며 살았다. 둘의 모습은 다른 이들의 본보기가 되었다. 또한 이생은 혼인한 다음 해 과거에 급제하여 조정에 이름이 알려지게 되었다.

시간이 지나서 신축년인 1361년이 되었다. 이때 홍건적*이 침략하여 서울을 점령하자, 왕은 안동으로 피난을 갔다. 홍건적은 집을 불태우고 사람을 죽이고 가축을 잡아먹는 등 나쁜 짓들을 일삼았다. 일가친척들은 여기저기 흩어져서 각자 살길을 찾았다.

이생 역시 가족을 이끌고 깊은 절벽으로 숨었는데, 홍건적 하나가 칼을 빼 들고 쫓아왔다. 이생은 급히 도망쳐 벗어날 수 있었지만, 최 낭자는 그만 도적에게 붙잡히고 말았다. 도적이 최 낭자의 몸에 손을 대려고 하자, 최 낭자가 크게 꾸짖었다.

"마귀 같은 놈아! 차라리 나를 죽여라. 승냥이와 이리의 배 속에서 죽을지언정 어찌 개돼지 같은 네놈의 짝이 되겠느냐?"

홍건적은 화가 나서 최 낭자를 죽이고 살을 도려냈다.

---

* **홍건적** 중국 원나라 말기에 허베이 일대에서 일어난 한족 반란군. 머리에 붉은 두건을 둘렀다고 해서 홍건적이란 이름이 붙었다.

이생은 황량한 들판에 숨어 간신히 목숨을 부지했다.

홍건적이 토벌되고 나서, 이생은 부모님의 옛집을 찾았다. 그러나 이미 집은 전쟁 통에 불타 없어진 뒤였다. 다시 최 낭자의 집으로 갔지만, 행랑채는 적막한데 쥐 소리와 새 울음소리만 들렸다. 이생은 슬픔을 이기지 못하고 작은 누각 위로 올라가 눈물을 훔치며 긴 한숨을 쉬었다.

어느새 저녁이 되었다. 홀로 앉아 옛일을 생각해 보니 지금까지 있었던 일이 다 꿈만 같았다.

늦은 밤이 되자 희미한 달빛이 대들보를 밝게 비췄다. 그때 멀리 복도 끝에서부터 점점 발소리가 가까워졌다.

최 낭자였다. 이생은 최 낭자가 이미 죽었음을 알면서도 너무나 사랑한 나머지 조금도 의심하지 않고 급히 물었다.

"어느 곳으로 피하여 목숨을 지킨 것입니까?"

최 낭자는 이생의 손을 잡고 한바탕 통곡한 뒤 말했다.

"저는 본래 양갓집 딸로, 어려서부터 부모님의 교육을 받아 수놓기와 바느질에 힘썼으며 시 짓기, 글쓰기 등을 배웠습니다. 그러나 다만 규방 안의 일만 알 뿐이니, 규방 밖의 일이야 어찌 이해할 수 있겠습니까? 하지만 낭군께서 붉은 살구꽃 핀 담장 안을 들여다보신 뒤로 모든 것이 바뀌었습니다. 스스로 푸른 바닷속의 보배 같은 제 몸을 바치고는, 은혜와 의리로 평생을 함께하기로 하였습니다. 첫날 밤 휘장 속에서 다시 만났을 때에는 우리 사랑이 백 년 이상 갈 듯했지요.

아아, 비참한 심정에 가슴이 무너져 내리네요. 백년해로를 꿈꾸었는데, 뜻밖의 재앙에 구렁텅이로 굴러떨어질 줄이야 어찌 알았겠습니까? 그래도 끝까지 승냥이와 호랑이 같은 도적놈에게 몸을 빼앗기지 않고, 진흙탕 속에서 몸이 찢기는 길을 택하였습니다. 천성이 그렇게 한 것이지, 온전한 정신으로 차마 할 수 있는 일은 아닙니다.

깊은 절벽에서 이별하여 결국 뿔뿔이 날아가는 짝 잃은 새가 되고 만 것이 한스럽습니다. 집은 사라지고 부모님도 돌아가시어 의지할 곳 없는 고단한 혼백이 된 것도 마음 아픕니다. 절개와 의리가 무겁고 목숨은 가벼우니, 몸은 상했지만 도적놈에게 욕을 보지 않은 것은 다행입니다. 그러나 누가 갈기갈기 찢어진 슬픈 마음을 불쌍히 여기겠습니까? 다만 끊어져 썩은 제 창자 속에만 맺혀 있을 뿐입니다. 뼈는 들판에 버려졌고, 간과 쓸개는 흙바닥 위에 흩어졌습니다. 가만히 생각해 보니, 옛날의 즐거움이 그만 오늘의 근심과 원통함이 되고 말았습니다.

이제 골짜기에서 그윽한 봄바람이 불어오니, 죽었던 저도 다시 인간 세상으로 돌아왔습니다. 다시 만나기로 했던 맹세를 저버리지 않기를 바랍니다. 혹시라도 낭군께서 나를 잊지 않았다면 끝까지 함께하려 하는데, 허락하시겠습니까?"

이생은 기뻐 감격하였다.

"그래요, 그럽시다."

둘은 그제야 서로 반가운 마음을 표현하며 깊은 정을 나누었다. 그러다 집안의 재산에 대한 이야기가 나오자, 최 낭자가 말했다.

"조금도 도적에게 잃지 않았습니다. 산골짜기 어딘가에 묻어 두었습니다."

이생이 다시 물었다.

"양가 부모님의 유해는 어디에 있습니까?"

"모처에 버려두었습니다."

서로 이런저런 이야기를 하다가 함께 잠자리에 드니, 지극한 즐거움이 예전과 같았다.

다음 날, 이생과 최 낭자는 집안의 재산을 묻어 둔 곳을 찾아갔다. 마침내 몇 덩이의 금과 은, 그리고 약간의 재물을 얻었다. 부부는 금과 재물을 판 돈으로 부모님의 유해를 수습했다. 부모님을 오관산 기슭에 합장한 뒤 무덤을 높이고 나무를 심었으며, 절차를 갖추어 정성껏 제사를 드렸다.

그 후, 이생은 벼슬길에 나가지 않고 오로지 최 낭자와만 지냈다. 살기 위해 도망쳤던 노비들도 다시 돌아왔다. 그때부터 이생은

세상일에 신경을 쓰지 않았다. 일가친척이나 손님들을 만날 일이 있어도 바깥에 나가지 않았다. 그저 최 낭자와 때때로 시를 주고받으며 금슬 좋게 지낼 뿐이었다.

그렇게 몇 년이 흐른 어느 날 저녁, 최 낭자가 이생에게 말했다.

"세 번 아름다운 만남이 있었습니다. 그러나 즐거움이 다하기도 전에 슬픈 이별이 찾아왔습니다."

최 낭자가 오열했다. 이생이 깜짝 놀라 물었다.

"무엇 때문에 이러는 겁니까?"

"저승 갈 운명은 피할 수가 없습니다. 옥황상제께서는 저를 임시로나마 환생하도록 해 주셨어요. 제게 죄악이 없고, 저와 낭군의 연분이 아직 끊어지지 않았기에 그러신 것이지요. 덕분에 잠시나마 낭군과 함께 가슴속 시름을 나눌 수 있었습니다. 그러나 인간 세상에 오래 머물면서 혼란스럽게 할 수는 없는 법입니다."

그러고는 시비 향아에게 술을 내오게 하여 이생에게 권하며, 〈옥루춘〉 한 곡을 불렀다.

칼과 창만 보이는 전쟁터에서
옥도 깨어지고 꽃도 떨어지니 원앙도 짝을 잃네.

널리 흩어져 있는 해골을 누가 묻어 주나?

피로 얼룩진 떠도는 혼은 누구와 이야기할까?

무산의 선녀가 한번 내려왔으나

깨졌던 거울이 다시 갈라지니 마음이 처참하구나.

이제 이별하면 두 사람은 한없이 멀어지리니

하늘과 세상 사이에 소식마저 막히리라.

최 낭자는 한 마디 한 마디 부를 때마다 울먹였다. 이생 또한 슬픔을 누르지 못했다.

"차라리 낭자와 함께 저승에 가겠습니다. 어찌 의미 없이 나 혼자 살아가겠습니까? 난리를 겪은 뒤, 친척과 노비들은 뿔뿔이 흩어지고 돌아가신 부모님의 유해는 들판에 버려져 있었습니다. 낭자가 아니었다면 누가 부모님의 제사를 지내고 유해를 묻어 드릴 수 있었겠습니까? 옛사람이 말하기를 '어버이가 살아 있을 때에는 예로 섬기고, 돌아가신 뒤에는 예로 장례를 치르라.'라고 하였는데, 이 두 가지 일을 낭자가 하였습니다. 낭자는 천성이 온순하고 효성스러우며, 인정이 두터운 사람입니다. 낭자를 보면 감격하게 되지만, 한편 부끄럽기도 합니다. 낭자가 이 세상에 오랫동안 머물다가 백 년 뒤 함께 죽기를 바랍니다."

"낭군의 목숨은 아직 남아 있지만, 저는 이미 귀신의 명단에 실려 있답니다. 인간 세상에 연연해하면 법도를 어기는 것이 되어, 저뿐만 아니라 낭군에게까지 화가 미치게 됩니다. 그러니 그런 말은 마십시오. 다만 은혜를 베풀어 주시려면 저의 유해를 수습하셔서 더 이상 바람과 햇빛을 받지 않게 해 주세요."

둘은 하염없이 눈물을 흘렸다. 최 낭자가 이별 인사를 했다.

"낭군, 건강하게 잘 지내셔야 합니다. 꼭 그러셔야 합니다."

말을 마치고 점점 사라지더니 아예 자취를 감추었다.

이생은 최 낭자의 유골을 수습하여 부모님 무덤 옆에 함께 묻어 주었다.

장례를 치른 뒤, 이생은 최 낭자를 그리워하다가 병이 들어 몇 달 만에 죽었다. 이 소문을 들은 사람들 모두 가슴 아파하면서 두 사람의 사랑을 마음에 새겼다고 한다.

취유부벽정기
醉遊浮碧亭記

·

취하여 부벽정에서 노닌 이야기

·

평양은 고조선의 수도이다. 옛날 주나라 무왕이 은나라를 멸망시킨 뒤, 기자*를 찾아왔다. 기자는 세상을 다스리는 9가지 방법인 홍범구주(洪範九疇)*에 대하여 알려 주었다. 무왕은 이를 계기로 기자에게 이 땅을 다스리게 하였으나, 그를 존중하여 신하로 삼지는 않았다고 한다.

평양의 명승지로는 금수산, 봉황대, 능라도, 기린굴, 조천석, 추남허 등이 있는데, 모두 옛 유적이다. 영명사와 부벽정도 그 가운데 하나이다. 영명사는 고구려 시조 동명왕의 궁궐인 구제궁이 있던 곳이다. 평양 성곽 밖 동북쪽으로 20리 되는 곳에 위치하고 있다. 내려다보면 긴 강이 있고 멀리 바라보면 끝없이 펼쳐진 평원이 있는, 참으로 아름다운 경치를 가진 땅이다. 화려하게 장식한 놀잇배와 장삿배들이 저녁이 되면 대동문 밖의 버드나무 우거진 물가에 정박한다. 그러면 배에 있던 사람들은 반드시 물결을 거슬러 올라와 부벽정을 이리저리 구경하며 실컷 즐기다가 돌아간다. 부벽정의 남쪽에는 돌을 다듬어 만든 계단이 있는데, 왼쪽 것은 청운제, 오른쪽 것은 백운제라고 불렀다. 글을 새긴 돌기둥은 사람들에게 좋은 구경거리가 되었다.

---

* **기자** 단군이 세운 고조선에 이어 기자 조선을 세운 시조로 알려져 있는 전설상의 인물.
* **홍범구주** 중국 하나라 우왕(禹王)이 정한 정치 도덕의 아홉 가지 원칙을 말한다.

천순 초에, 송도에는 아주 부유한 홍생이라는 사람이 있었다. 홍생은 젊은 나이에 용모가 훤칠하고 빼어날 뿐 아니라, 글도 잘 썼다.

8월 보름이 되자 홍생은 옷감을 실로 바꾸는 무역을 하기 위해 친구와 함께 평양으로 갔다. 배를 해안가에 대자, 평양의 이름난 기생들이 모두 성문 밖으로 나와 눈길을 보냈다.

평양성 안에 사는 옛 친구 이생은 잔치를 열어 홍생의 피곤함을 달래 주었다.

홍생은 술에 취하여 배로 돌아왔다. 한동안 서늘한 밤기운에 잠을 이루지 못하다가, 문득 당나라의 시인 장계가 지은 〈풍교야박(풍교에 배를 맨 밤)〉이라는 시를 떠올렸다. 홍생은 시의 흥취를 이기지 못하고, 작은 배에 올라 달빛을 가득 싣고 노를 저었다.

흥이 다하면 돌아오리라 마음먹고 가다 보니 어느새 부벽정 아래였다. 홍생은 갈대숲에 배를 묶어 놓고, 계단을 밟고 올라갔다.

천순 중국 명나라 영종의 연호. 1457년부터 1464년까지이다.

그리고 난간에 기대어 먼 곳을 바라보며 낭랑하고 맑은 소리로 시를 읊었다.

때마침 달빛은 바다처럼 넓게 비치고, 물결은 비단처럼 고왔다. 기러기는 모래밭에서 울고, 학은 소나무에서 떨어지는 이슬에 놀라 푸드덕거렸다. 홍생은 마치 신선이 사는 세계에 오른 것처럼 늠름해졌다. 옛 서울 평양을 내려다보니, 석회를 바른 흰 담에는 안개가 자욱하고, 외로이 서 있는 성에는 물결만이 부딪치고 있었다.

홍생은 옛 나라의 흥망성쇠가 안타까워 시 6편을 지었다.

대동강 부벽정에서는 시 읊기가 어려우니
흐느끼며 흐르는 강물은 애끓는 소리를 내는구나.
옛 나라의 빼어난 기상은 이미 사라졌지만
황폐한 성에는 여전히 봉황의 형상이 남아 있다.
모래밭에 달빛이 희게 비치니 기러기는 돌아갈 길을 잃고
정원에 안개 걷히니 풀에는 반딧불이 반짝인다.
풍경은 쓸쓸하고 인간사는 바뀌는데
한산사 깊은 곳에서는 종소리만 들려온다.

가을 풀 속 동명왕 옛 궁궐은 쓸쓸하기만 한데
굽이진 돌계단에 구름이 덮여 길마저 아득하다.

기생집이 있던 옛터에는 거친 냉이 풀이 가득하고
담에 달이 기울자 밤 까마귀가 울음 운다.
풍류를 즐기던 멋진 일은 이미 흙이 되었고
쓸쓸히 빈 성에는 잡초만이 무성하다.
오직 강물만이 옛날처럼 흐느끼며
서쪽 바다를 향하여 도도히 흘러간다.

대동강 물은 여전히 쪽빛보다 푸르니
오랜 세월의 흥망성쇠가 한스럽기 그지없다.
메마른 우물에는 덩굴만이 드리웠고
이끼 낀 돌 제단은 잎 무성한 나무들이 둘러쌓았네.
타향의 경치를 시 천 수로 읊다 보니
옛 나라에 대한 감회가 깊어 술에 반쯤 취한다.
흰 달빛 아래 난간에서 잠들지 못하는데
깊은 밤 계수나무 향기가 그윽이 퍼진다.

달빛이 곱고 아름다운 한가위에
쓸쓸한 옛 성을 바라볼수록 슬퍼진다.
기자릉의 뜰에는 높이 자란 나무가 늘어 가고
단군의 사당 벽에는 담쟁이넝쿨이 얽혀 있다.

영웅은 지금 쓸쓸히 사라져 없고
나무와 풀은 희미하니 몇 해나 되었는가?
오직 추석의 밝은 달만 옛날과 같이
맑은 빛을 흘려보내 옷깃을 비춘다.

동산에 달이 뜨자 까막까치 날아가고
밤이 깊어지자 찬 이슬이 옷자락에 스며든다.
천년 왕조의 문화와 문물은 다 사라지고
오랜 세월 그대로인 강산 속에 성곽만 허물어졌네.
하늘로 올라간 동명왕이 돌아오지 않으니
인간 세계에 남아 있는 이야기를 그 누가 믿어 줄까?
그가 타던 황금 수레와 기린마도 자취가 없어
행차하던 길에는 풀이 우거져 스님만이 홀로 걸어간다.

찬 가을 이슬에 뜰 안의 풀이 시드는데
백운교와 청운교는 마주하고 있다.
수나라 병사들의 넋은 여울에서 울어 대고
수나라 임금의 혼은 원통한 매미가 되었도다.
고구려 임금이 다니던 길에는 향기로운 수레가 끊겨 안개 자욱하고
소나무가 누운 듯 뻗친 행궁에는 저녁 종소리 울린다.

높이 올라 지은 시를 함께 감상할 이 없지만

달 밝고 바람 맑아 흥이 사라지지 않는다.

시를 다 읊은 홍생은 일어나 이리저리 춤을 추었다. 한 구 한 구 읊조릴 때마다 한숨이 나왔다. 비록 뱃전을 두드리고 퉁소를 불며 교류하는 즐거움은 없었으나, 마음속 깊은 곳에서 감동이 배어 나왔다. 이는 깊은 계곡의 용을 춤추게 하고, 홀로 떠 있는 배 안에 있는 과부를 울릴 정도였다.

밤은 이미 자정을 지나고 있었다. 시를 다 읊은 홍생은 돌아가려고 하였다. 그런데 갑자기 서쪽에서 발자국 소리가 들려왔다.

'절의 스님이 내 소리를 듣고는 놀라서 오는 것인가?'

그런데 스님이 아니라, 아름다운 여인이었다. 갈래머리의 시녀들이 여인을 모시고 있었다. 시녀 한 명은 옥으로 된 손잡이가 있는 먼지떨이를, 또 한 명은 가벼운 비단부채를 들고 있었다. 여인은 격식 있고 단정해 보이는 차림을 한 것으로 보아 귀한 집 아가씨인 듯했다.

홍생은 계단을 내려가 담장 틈에 숨어서 여인이 무엇을 하는지 살폈다. 여인은 남쪽 난간에 기대어 달을 보며 나지막이 시를 읊었다. 그 모습만 보아도 몸가짐이 바르고 예의범절이 있는 여인임을 알 수 있었다. 시녀가 구름무늬 수놓은 비단 방석을 펼치자, 여인이 낭랑한 목소리로 말하였다.

"방금 전에 시를 읊던 사람이 있었는
데 지금은 어디에 있는지요? 나는 꽃과 달의 요
정도 아니고, 연꽃 위를 걷던 미녀도 아니에요. 오늘 밤,
드넓은 하늘에 구름이 걷혀 달이 떠오르고 은하수는 맑으며, 계수
나무 열매 떨어지고 달 속 궁전은 서늘합니다. 이런 때 한잔 술과
함께 시를 읊으며 그윽한 정을 풀어 볼까 합니다. 이처럼 좋은 밤
을 어쩌란 말입니까?"

홍생은 두렵기도 하고 기쁘기도 하여 머뭇거리다가 작게 기침
소리를 내었다. 그러자 시녀가 홍생을 찾아와서는 말하였다.

"아가씨께서 모셔 오라십니다."

홍생이 조심조심 걸어 나가 절을 하고 꿇어앉았다. 여인은 그다
지 공손한 내색을 보이지 않았다.

"그대도 이리 올라오시오."

시녀가 낮은 병풍으로 가려 놓았기에 두 사람은 서로 얼굴을 반
만 볼 수 있었다. 여인이 조용히 말하였다.

"그대가 읊은 시는 무엇입니까? 나를 위해 펼쳐 보십시오."

홍생이 하나하나 외우자 여인이 말하였다.

"함께 시에 대하여 이야기할 만한 사람이군요."

그러고는 시녀를 시켜서 안주상을 올리게 하였다. 차려 놓은 음

식은 도무지 인간 세상의 것 같지가 않았다. 음식이 딱딱하여 도저히 먹을 수 없었고, 술도 너무 써서 마실 수 없었다. 여인이 빙그레 웃으며 말하였다.

"속세의 선비가 어찌 신선이 마시는 술과 용 고기로 만든 포를 알겠습니까?"

그러더니 시녀를 불렀다.

"빨리 신호사(神護寺)에 가서 절밥을 조금만 얻어 오거라."

시녀가 잠시 후 밥을 얻어서 돌아왔다. 여인이 다시 시녀에게 명령하였다.

"마땅한 반찬이 없구나. 얼른 주암*에 가서 얻어 오거라."

얼마 지나지 않아 시녀가 구운 잉어를 가져왔다. 홍생은 그 음식들을 모두 맛있게 먹었다.

그 사이 여인은 벌써 화답하는 시를 지어 아름다운 종이에 적었다. 그리고는 시녀를 시켜 홍생에게 전하였다.

시는 이러했다.

오늘밤 부벽정은 달이 더욱 밝은데

맑은 이야기 속에 감회가 어떠한가?

* **주암** 용이 살고 있다는 평양 동쪽 90리에 있는 바위 이름.

어렴풋한 나무색은 푸른 양산을 편 듯하고
넘실거리는 강물은 비단 치마가 끌리는 듯하네.
나는 새처럼 갑자기 흘러가는 세월
흘러가는 물결 같은 세상사에 얼마나 자주 놀랐는지?
이 밤! 가슴속 사무친 마음을 누가 알아줄까?
몇 차례 종소리만 안개 낀 풀숲에서 들려온다.

옛 성에서 남쪽으로 바라보니 대동강이 분명한데
푸른 물결 맑은 모래에 기러기 떼 울고 간다.
기린마가 끌던 수레는 오지 않고, 타고 다니던 용도 사라져
음악 소리 끊어진 곳에 흙무덤만 남았구나.
맑았던 산속 기운이 비를 뿌리려고 할 때 시 한 편 완성하고
사람 없는 들판의 절에서 술에 취해 가네.
궁궐 앞 구리로 만든 낙타는 나라가 망해 가시덤불 속에 묻히고
천년의 자취는 뜬구름이 되고 말았구나.

풀뿌리에서는 쓰르라미 슬피 울음 우는데
높은 부벽정에 오르니 생각이 아득하다.
비 그치고 구름 끼니 지난 일이 가슴 아프고
꽃 지고 물 흐르니 세월이 느껴진다.

가을 기운이 더해져 물결 흐르는 소리 더욱 웅장한데
강 속에 잠긴 누각에는 달빛이 처량하다.
옛날 문물이 번성했던 이곳,
이제 황폐한 성과 드문드문 서 있는 나무가 사람의 간장을 사른다.

수놓은 비단이 쌓여 있는 듯한 금수산 앞
강가의 단풍나무는 옛 성을 비추는데
어디선가 또닥또닥 힘겨운 가을 다듬이 소리 들려오고
어여차 어부의 노랫가락에 고기잡이배 돌아온다.
바위에 깃든 고목에는 덩굴가지가 엉켜 있고
풀 속의 깨어진 비석에는 이끼가 끼어 있다.
난간에 기대어 말없이 지난 일을 마음 아파하다 보니
달빛과 물결 소리가 모두 슬픔일세.

몇 개의 성긴 별이 드문드문 하늘에 떠 있고
은하수는 맑고 옅어져 달빛만 더욱 분명하다.
좋은 일도 모두 허사가 됨을 알았으니
다음 생을 기약하지 말고 이번 생에서 만나 보세.
한 동이 좋은 술을 취하도록 마시고
이 어지러운 세상 구하겠다는 순수한 생각은 품지도 말게.

만고의 영웅들은 모두 흙이 되고 말았건만

공연히 이름이 세상에 남아 있네.

밤은 어찌 되었나? 밤이 점점 깊어 가니

성가퀴*에 지는 달도 둥글어졌다.

그대는 이에 저 세상에 떨어져 있지만

나를 만났으니 천일의 즐거움을 누려 보겠는가?

강가의 아름다운 누각에서 놀던 사람들은 흩어져 돌아가려 하고

계단 앞 고운 나무에 이슬이 맺힌다.

이후에 다시 만날 곳을 알고 싶은가?

푸른 바다가 말라 복숭아가 익어 가는 봉래산 언덕이라네.

홍생은 시를 받아 들고 매우 기뻐하며, 혹시 여인이 돌아갈까 봐 조급해져서 말을 걸었다.

"감히 성씨와 족보에 대해서 여쭙지 못했습니다."

여인이 한숨을 내쉬더니 답하였다.

"나는 은나라 임금의 후예이며, 기자의 딸입니다. 우리의 선조가 이 땅에 왕으로 봉해진 뒤, 탕왕*의 가르침을 따라 8조법*으로 백성을 이끌었습니다. 그 결과 찬란한 문물이 천여 년 동안 이어졌지요. 그러나 하루아침에 세상이 어지러워지고 재앙이 갑자기 닥

처왔습니다. 아버님은 전쟁에서 보잘것없는 사람에게 크게 지셨고, 결국 나라를 잃고 말았습니다. 위만이 그 틈을 타서 왕위를 훔치는 바람에 우리 고조선은 무너졌지요.

나는 어지러운 상황 속에서도 정절을 지키려고 그저 죽음을 기다리고 있었습니다. 그런데 갑자기 어떤 신령스러운 분이 나타나 날 어루만지며 이렇게 말하였습니다. '나는 이 나라의 시조이다. 나라를 잘 다스린 뒤 바다의 섬에 들어가 죽지 않는 신선이 된 지 수천 년이 되었다. 너는 나를 따라 신선의 세계에 가서 즐겁게 사는 것이 어떻겠느냐?'

내가 '좋습니다.'라고 답하자, 그분은 날 신선 세계로 이끌고 갔지요. 그곳의 별관에서 지내게 하였습니다. 신선 세계의 불사약도 먹게 하였어요. 며칠 동안 불사약을 먹으니, 몸이 가벼워지고 튼튼해지는 것 같았습니다. 그러더니 몸에서 우두둑 소리가 났는데, 마치 온몸의 뼈와 근본이 바뀌어 새롭게 태어나는 듯했어요. 그 이후로는 유유자적하며 신선이 사는 하늘, 땅, 바다의 세계를 모두 유람하였습니다.

---

* **성가퀴** 성 위에 낮게 쌓은 담. 여기에 몸을 숨기고 적을 감시하거나 공격하거나 한다.
* **탕왕** 중국 은나라를 세운 인물.
* **8조법** 8개의 조항으로 된 고조선 시대의 법. 오늘날에는 8개 중 3개 조항만 전해진다.

그렇게 지내던 어느 날의 일입니다. 가을 하늘은 화창하고, 옥황상제가 계신 곳은 밝고 깨끗하며, 달빛이 물처럼 맑았던 날, 달을 올려다보다가 불현듯 멀리 떠나고 싶은 마음이 들었습니다. 그리하여 하늘의 달 속에 있는 광한전 수정궁에 가서, 선녀 항아께 절을 올렸습니다. 항아는 내가 정절을 지켰을 뿐만 아니라 문장도 빼어나다고 칭찬하시면서 이렇게 말씀하셨습니다. '인간 세상 속에 있는, 신선 사는 곳을 복된 땅이라고들 한다. 하지만 모두 먼지와 같은 속세일 뿐이다. 어찌 파란 하늘을 걷고, 흰 난새를 타며, 붉은 계수나무에서 향기를 맡는 것보다 좋겠느냐? 또한 푸른 하늘에서 서늘한 달빛을 받으며, 옥황상제가 사는 곳에서 노닐고, 은하수에서 몸을 담근 채 떠 노니는 것보다 좋겠느냐?' 그러고는 즉시 나를 곁에 두고 시녀로 삼아 모든 일을 맡아보게 하였으니, 그 즐거움은 이루 다 표현할 수 없었습니다.

그런데 갑자기 오늘 밤 고향 생각이 나서 하루살이 같은 인간 세상을 굽어보게 되었지요. 슬쩍 고향을 살피니, 자연은 그대로인데 사람은 그렇지 않았습니다. 밝은 달은 전쟁의 흔적을 가렸고, 흰 이슬은 땅덩어리의 더러움을 씻어 버렸습니다. 그리하여 맑게 갠 밤에 하직 인사를 하고 천천히 인간 세계에 내려온 것입니다. 나는 조상의 묘에 참배한 뒤, 강가 정자에서 노닐고자 하였습니다. 그러던 차에 때마침 시를 읊는 선비를 만나게 되었지요. 부끄럽지만, 그대의 아름다운 시에 맞추어 붓을 들어 보았습니다. 뛰어나지는 않습니다. 부족한 대로 내 마음을 글로 펼쳤을 뿐이에요."

홍생이 다시 절을 한 뒤 머리를 조아리며 말하였다.

"속세의 우매한 제가 어찌 기자 조선의 왕손이며 하늘의 선녀인 당신과 감히 시를 주고받으리라고 생각이나 했겠습니까?"

홍생은 여인 앞에서 시를 쭉 훑어보고, 외운 뒤에 다시 엎드려 말하였다.

"우매한 저는 전생의 업보가 깊고 두텁기 때문에 결코 신선이 될 수가 없습니다. 다행스럽게도 거칠게나마 문자를 안 덕에, 선녀의 시를 약간이라도 이해할 수 있었지요. 이제 네 가지 아름다움─좋은 때, 고운 경치, 훌륭한 시, 즐거운 마음이 모두 갖추어졌으니, '가을밤 강가의 정자에서 달을 감상하다'라는 제목으로 시를 지어 저를 가르쳐 주십시오."

여인이 고개를 끄덕이고는 붓을 적시더니 시를 거침없이 써 내려갔다. 마치 구름과 안개가 일어나는 것 같았는데, 여인이 쓰는 대로 시가 되었다.

달 밝은 강가 정자의 밤
너른 하늘에서는 옥 같은 이슬이 내리니
맑은 빛은 은하수에 잠기고

자연의 기운은 오동나무에 서려 있다.

희고 깨끗한 하늘 나라에는
곱고 아름다운 열두 누각이 있어
옅은 구름 한 점 없이
가벼운 바람은 두 눈을 씻어 준다.

넘실넘실 흐르는 물 따라
아련히 떠나가는 배 보내며
봉창 틈으로 엿보니
한쪽으로 물가에 핀 갈대꽃이 비친다.

신선의 노랫가락 소리가 들리는 듯도 하고
옥도끼로 다듬은 솜씨를 보는 듯도 하니
진주와 조개로 꾸민 하늘 궁궐의
빼어난 향기가 도리어 인간 세계에 퍼진다.

당나라의 도사 조지미와 함께 달맞이하기를 바라고
또한 당나라의 도사 나공원을 쫓으며 노니는데
맑은 달빛에 위나라 까치가 갈 곳 몰라 놀라고

내리쬐는 달빛에 오나라 소는 태양 빛인 줄 알고 숨을 헐떡인다.

은은한 달빛은 청산을 비추고
둥근 달은 푸른 바다 위에 떠 있다.
그대여! 함께 자물쇠를 열고
흥 따라 주렴을 걷어 올리세.

시인 이태백은 잔을 들고 달에게 물었고
신선 오강은 달나라에서 계수나무를 찍었지.
흰 병풍은 광채가 찬란하고

비단 휘장에는 세세히 수가 놓여 있네.

보석 거울 닦아 처음 걸어 놓은 듯
얼음 바퀴 멈추지 않고 구르는 듯
금빛 물결 얼마나 아름다운가?
은하수는 유유히 흘러간다.

칼 뽑아 요사한 두꺼비를 베고
그물 펼쳐 교활한 옥토끼 잡아 보세.
하늘에서 내리던 비가 그치고
돌길에 피던 희미한 안개도 걷힌다.

난간 주변에는 천 그루의 나무가 에워싸고
계단 앞에는 만 길 연못.
머나먼 곳에서 누가 길을 잃어 헤어졌던가?
다행히 고향에서 짝을 만났네.

복숭아와 자두를 서로 주고받으며
술 단지와 술잔을 들어 서로 권하였지.
시간을 정해서 다투어 좋은 시를 짓고

맛있는 술을 셀 수 없을 만큼 마신다.

화로 안에서는 검은 숯이 탁탁 터지고
솥에서는 보글보글 거품이 인다.
오리 모양 향로에서 향이 피어나고
귀한 술은 술잔에 가득하다.

학 울음소리에 외로운 소나무 놀라고
귀뚜라미 사방에서 울어 시름을 더한다.
접이의자에 앉아 친구가 담소하듯
진나라 물가에서 벗이 노닐듯 어울린다.

이제 거의 황폐한 성만 남았는데
초목은 우거져 스산하고 쓸쓸하다.
푸르른 단풍나무는 후드득 흔들리고
누런 갈대에는 차가운 바람이 분다.

신선 세계의 하늘과 땅은 광활한데
속세의 시간은 빨리도 흘러간다.
옛 궁궐터에는 벼와 기장이 자라고

들판의 왕실 사당에는 뽕나무 가래나무 울창하다.

깨진 비석에는 옛날의 좋고 나쁜 명성이 남아 있어

나라의 흥망을 하늘을 나는 갈매기에게 물어본다.

저 달은 항상 기울었다가 다시 차는데

흙덩이 같은 세상의 사람들은 얼마나 하루살이 같은가?

별궁은 이미 절이 되었고

이전의 임금은 땅속에 묻혀 있다.

반딧불은 휘장 너머에서 잦아들고

귀신불은 숲 주변에 그윽하다.

옛날 일 마음 아파하다 눈물을 흘리고

지금 일 슬퍼하다 스스로 시름에 빠진다.

단군의 흔적은 목멱산에 남았는데

기자의 도읍지에는 단지 성곽만 있을 뿐.

굴에는 고구려 동명왕이 탔던 기린마의 흔적이 있고

들판에는 오랑캐의 화살이 남아 있다.

이제 한나라 선녀 두난향은 하늘나라로 돌아가고

직녀 또한 청룡을 타고 올라간다.

글하는 선비는 아름다운 붓을 멈추고
선녀는 공후 연주를 그만두었다.
노래가 끝나면 사람들은 흩어져
바람이 고요한 속에 노 젓는 소리 여리게 퍼진다.

시를 다 쓴 뒤 여인은 붓을 던지고 하늘 높이 올라갔는데, 어디로 갔는지 헤아릴 수 없었다. 돌아가기 전에 여인은 시녀를 시켜 홍생에게 말을 남겼다.

"옥황상제의 명이 매우 엄하기에, 흰 난새를 타고 돌아가야 합니다. 맑고 깨끗한 이야기를 미처 다 나누지 못한 것이 너무나 안타깝습니다."

잠시 후, 회오리바람이 땅을 돌돌 말면서 홍생의 자리로 불어오더니, 여인이 써 놓은 시를 빼앗듯 휘감고 가 버렸다. 이 또한 간 곳을 알 수 없었다. 기이한 이야기가 인간 세상에 전해지지 않게 하려고 그러는 것 같았다.

홍생이 정신을 차리고 다시 생각해 보았으나 모든 것이 혼란스러웠다. 지금껏 있었던 일이 꿈인지 아닌지 구별할 수 없었다. 깊은 생각에 잠겨 있던 홍생은 여인과 있었던 일을 모두 기록하였다.

그러고도 아쉬움이 남아 시 한 수를 지었다.

　　무산의 양대에서 나눈 사랑은 한바탕의 꿈.
　　옥피리 불며 오는 그녀 다시 만날 때가 언제일까?
　　본래 무정한 강물인데도
　　슬피 울먹이며 이별하는 물굽이를 향해 흘러간다.

　　시를 읊고 나서 사방을 둘러보았다. 산속의 절에서는 새벽을 알리는 종소리가 울려 퍼지고, 물가의 마을에서는 닭이 울고, 달은 성의 서편으로 지고, 샛별만 반짝이고 있었다. 단지 뜰에서 찍찍거리는 쥐 소리와 가까이에서 우는 벌레 소리만이 들려왔는데, 그 소리가 고요하면서도 슬프고 엄숙하면서도 두려웠다.

　　홍생은 돌아와 배에 올라탔다. 가슴이 답답하고 우울했다.
　　포구에 도착하자, 친구들이 다투어 물었다.
　　"어젯밤에는 어디에서 묵었는가?"
　　홍생이 재빨리 대답하였다.
　　"지난밤, 달빛이 밝아 노를 저어 장경문 밖의 조천석 근처까지 갔어. 그곳에서 금린어를 낚으려고 하였지. 하지만 밤기운이 서늘하고 물결이 차가워 한 마리도 잡지 못했으니 너무나도 아쉽네."

친구들은 홍생의 말을 의심하지 않았다.

그 후, 여인의 생각에 빠져 있던 홍생은 갑작스럽게 병을 얻어서, 바로 집으로 돌아갔다. 그러나 병이 낫지 않았다. 정신이 멍하였고 말하는 것도 평상시 같지 않았으며, 잠을 자지 못하고 뒤척이기만 했다. 홍생의 병은 오랜 시간이 지나도 낫지 않았다.

그러던 어느 날, 홍생은 꿈을 꾸었다. 옅은 화장으로 곱게 단장한 미인이 말하였다.

"아가씨께서 옥황상제께 아뢰자, 옥황상제께서 그대의 재주를 아끼시어 견우성 아래의 신하로 삼으셨습니다. 옥황상제께서 그대를 임명하라는 명령을 내리셨으니 피할 수가 없습니다."

홍생은 깜짝 놀라 잠에서 깼다. 그러고는 집안사람들의 도움을 받아 몸을 정갈히 하였다. 목욕을 하고, 새 옷으로 갈아입은 뒤에 향불을 피웠다. 또한 땅을 깨끗이 쓸고 뜰에 자리를 깔고는 턱을 괴고 잠시 누웠다.

그러다 홍생은 갑자기 세상을 떠났다. 때는 9월 보름이었다. 염*을 한 지 며칠이 지났지만 얼굴색 하나 변하지 않았다. 사람들은 홍생의 시신에서 혼이 빠져나가 신선이 되었다고 생각했다.

---

* **염** 시신을 수의로 갈아입힌 다음, 베나 이불 따위로 쌈.

남염부주지
南炎浮洲志

•

염라국에 관한 이야기

•

성화(成化)* 초기, 경주에 박생이라는 사람이 살았다. 그는 태학관에서 열심히 유학을 공부했지만, 한 번도 과거에 급제하지는 못했다. 그러나 품성과 학식이 높고 빼어나, 권세 앞에서도 자신을 굽히지 않았다. 이런 성격 때문에 사람들은 박생을 교만한 사람이라고 오해하기도 했다. 하지만 직접 만나 이야기를 나누면 생각이 달라졌다. 박생은 상대방을 공손하고 정중한 태도로 대했기 때문이다. 온 마을 사람들이 입을 모아 그를 칭찬하였다.

박생은 일찍이 불교, 무속, 귀신에 대하여 의심을 품었다. 하지만 그것이 거짓이라고 단정 짓지는 못하고 있었다. 그러면서도 박생은 온순한 성격 탓에 스님과 친하게 지냈다. 박생은 중국 당나라의 문인 한유와 유종원이 스님 누구누구와 교류했던 것처럼 두세 명의 스님과 가깝게 지냈다. 스님들 또한 중국 동진 때의 혜원과 지둔이 문인 누구누구와 교류했던 것처럼 박생과 막역한 사이로 가깝게 지냈다.

어느 날, 박생은 스님과 천당과 지옥에 대하여 이야기하다가 의심을 품고 이렇게 말했다.

"세상은 하나의 음과 양일 뿐입니다. 어찌 이 세상 밖에 또 다른 세상이 있겠습니까? 이는 분명 잘못된 말일 겁니다."

---

* **성화** 중국 명나라 헌종의 연호. 1465년부터 1487년까지이다.

스님은 박생의 말에 명쾌하게 대답하지 못하고, 그저 '죄와 복은 지은 대로 돌아온다.'라는 말로 마무리했다. 박생은 스님의 말을 받아들일 수 없었다. 예전에 박생은 세상의 이치가 하나뿐이라는 내용의 일리론(一理論)을 지었던 적이 있다. 이단*의 논리나 종교에 현혹되지 않기 위해서 썼던 것이었다.

그 내용은 다음과 같다.

늘 세상의 이치는 하나뿐이라고 들었다. 하나라고 하는 것은 무엇인가? 두 개의 이치가 없다는 것이다. 그러면 이치라는 것은 무엇인가? 본성일 뿐이다. 본성은 무엇인가? 하늘이 내려 준 것이다. 하늘은 음양과 오행으로 만물을 만들면서 기로써 형태를 이루게 하고 이치를 부여한다.

이치라고 하는 것은 우리의 일상과 사물마다 각각 존재하는 도리를 말한다. 즉 아버지와 아들은 친함을 다하고, 임금과 신하는 의로움을 다해야 하며, 남편과 아내, 어른과 어린이 사이에도 서로 마땅히 행해야 하는 길이 있다는 말이다. 이것이 도(道)이고, 이치이다. 이치를 따르면 어디를 가도 불안하지 않으나, 이치를 거스르고 본성에 어긋나게 행동하면 재앙이 미치게 된다. 이치와 본성을

* **이단** 자기가 믿는 종교의 교리에 어긋나는 이론이나 행동.

극진히 한다는 뜻의 '궁리진성(窮理盡性)'은 이치를 탐구하는 길을 말하고, 사물을 깊이 연구하여 지식을 넓힌다는 뜻의 '격물치지(格物致知)'는 이치를 알아 가는 길을 말한다. 대개 사람은 태어나면서 이러한 본성을 갖추고 있다. 천하의 만물 또한 이러한 이치를 가지고 있다. 텅 비어 깨끗한 마음가짐으로 본래 그러한 본성을 따라 살고, 만물의 이치를 탐구하고, 근원을 끝까지 따지고 추구한다면, 천하의 이치가 밝게 드러날 것이다.

이 세상이나 나라에서 벌어지는 일들도 모두 마찬가지다. 이렇게만 하면 세상 어떤 일에도 어그러짐이 없고, 귀신에게 잡혀 있어도 현혹되지 않을 것이며, 시간이 흘러도 잘못되지 않을 것이다. 유학자라면 오직 이것에만 힘쓸 뿐이다. 천하에 어찌 두 가지 이치가 있겠는가? 저 이단의 설은 믿을 수 없다.

그러던 어느 날 한밤중에 박생은 등불에 불을 밝히고 《주역》을 읽다가 베개에 기댄 채 잠깐 잠이 들었다.

꿈속에서 박생은 낯선 나라에 가 있었다. 그곳은 큰 바다 가운데 있는 어떤 섬이었다. 그 땅에는 풀과 나무가 없었고 모래나 자갈도 없었다. 발에 밟히는 것은 구리 아니면 쇠였다. 낮에는 거센 불기둥이 하늘까지 뻗쳐 대지가 녹아내렸고, 밤이면 차가운 바람이 서쪽에서 불어와 사람의 피부와 뼛속까지 파고들었으며, 견딜

수 없을 정도로 파도가 쳤다. 또한 쇠로 된 절벽이 성처럼 바닷가를 따라 둘러싸고 있었다.

그곳에는 웅장한 철문 하나가 있었는데, 빗장과 자물쇠에 굳게 잠겨 있었으며, 그 앞을 문지기가 떡하니 막고 있었다. 어금니가 튀어나온 흉악한 모습의 문지기였다. 문지기의 손에는 창과 몽둥이가 들려 있었다. 그곳에 사는 백성들은 쇠로 집을 짓고 살았는데, 낮에는 뜨거움에 살이 문드러지고, 밤에는 차가움에 살갗이 얼어 터졌다. 그래서 오직 아침저녁으로만 꿈틀꿈틀 움직여 가며 웃고 떠들었다. 그런데도 그들은 이곳에서의 삶을 그다지 괴로워하는 것 같지 않았다. 이 광경을 본 박생이 소스라치게 놀라며 머뭇거리자, 문지기가 불렀다. 박생은 문지기 앞으로 조심조심 나아갔다.

문지기가 창을 세우고 물었다.

"그대는 누구요?"

박생이 떨리는 목소리로 대답했다.

"저, 저는 아무 나라 아무 곳에 살고 있는 아무개입니다. 세상 물정 모르는 아둔한 선비가 감히 신령스러운 공간을 범하고 말았습니다. 부디 저의 죄를 너그러이 용서하시고, 불쌍히 여겨 주십시오. 간절히 부탁드립니다."

박생이 거듭 엎드려 절하며 사죄하자, 문지기가 말했다.

"유학을 하는 사람은 권세 앞에서도 굴복하지 않는 법인데, 어찌 이렇게 허리를 굽혀 가며 절을 합니까? 우리들은 오랫동안 이치를 아는 군자를 만나고 싶었습니다. 왕께서도 그대 같은 사람을 만나서 동방의 사람들에게 한마디 전하고 싶어 하셨습니다. 잠깐 앉아 있으시오. 내가 왕께 그대에 대하여 말씀드리겠소."

잠시 후 문지기가 다시 나와 말했다.

"왕께서 그대를 모셔 오라 하셨습니다. 그대는 왕의 위엄이 두렵다고 하고 싶은 말을 숨기면 안 됩니다. 솔직하게 말씀드려서 우리나라 백성들이 큰 도를 알 수 있게 해야 합니다."

그때 검은 옷과 흰옷을 입은 동자 두 명이 손에 문서를 들고 나왔다. 하나는 검은 바탕에 푸른 글씨, 다른 하나는 흰 바탕에 붉은 글씨로 쓰여 있었다. 그런데 붉은 글씨로 된 문서에는 박생의 이름과 함께 다음과 같이 적혀 있었다.

"박 아무개는 이승에서 죄가 없기에 이 나라의 백성이 될 수 없다."

박생이 물었다.

"왜 저에게 이 문서를 보여 주시는 겁니까?"

한 동자가 답하였다.

"검은 바탕의 문서는 나쁜 사람의 이름이 적힌 문서이고, 흰 바탕의 문서는 착한 사람의 이름이 적힌 문서입니다. 왕께서는 착한 사람의 이름이 적힌 문서에 있는 사람은 선비를 초대하는 예로 맞이하십니다. 나쁜 사람의 이름이 적힌 문서에 있는 사람은 형벌을 따로 내리지는 않지만, 노예로 삼으십니다. 왕께서 그대를 만나신다면 예를 다할 것입니다."

잠시 후 연꽃 모양의 자리가 마련되어 있는 화려한 가마가 박생 앞에 대령했다. 박생은 그 가마에 올라탔다. 가마 옆에는 어여쁜 남녀 동자가 벌레 쫓는 총채와 햇빛을 가리는 양산을 들고 있었다. 나졸과 무사들은 가마를 호위하며 갔다.

박생은 머리를 들어 앞을 바라보았다. 앞에는 삼중으로 둘러싸인 쇠로 된 성이 있고, 성안 금으로 된 산 아래에는 궁궐이 우뚝 서 있었다. 불길은 하늘에 퍼져 강렬하게 타오르고 있었다. 길가를 돌아보니, 사람과 동물들이 불꽃 속에 있었다. 그들은 마치 진흙을 밟는 것처럼 녹은 쇠와 구리 위를 걸어 다녔다. 그러나 박생이 가고 있는 길은 쇳물이나 뜨거운 열기가 없었고, 숫돌이 깔린 것처럼 평평하였다. 무언가 신비한 힘이 길을 변하게 한 것 같았다.

드디어 왕이 있는 성에 이르렀다. 네 개의 궁궐 대문이 활짝 열려 있었는데, 연못가의 누각이나 관망대는 인간 세상의 것과 다름이 없었다. 아름다운 여인 두 명이 박생에게 인사를 한 뒤, 왕이 있는 곳으로 안내하였다.

머리에 통천관*을 쓰고, 고운 옥으로 만든 허리띠를 한 왕이 옥으로 된 홀*을 들고 섬돌 아래까지 내려와 맞이하였다. 박생은 감히 우러러볼 수가 없어 땅바닥에 엎드린 채로 있었다. 그러자 왕이 말하였다.

"우리가 사는 곳이 달라서 서로 통제하고 간섭할 수 없거늘, 이치를 아는 군자가 어찌 위세 때문에 그 몸을 굽힌단 말이오?"

그러고는 박생의 소매를 끌고 함께 전각에 올라, 옥으로 된 난간을 세운 금의자를 내어 주었다. 박생이 자리를 잡고 앉자, 왕이 시종을 불러 차를 내오게 하였다. 박생이 곁눈질로 살펴보니, 차는 구리를 끓인 것이었고, 과일은 쇠로 된 구슬이었다. 놀랍기도 하고 두렵기도 하였으나 어찌할 도리가 없었다. 그저 그들이 하는 행동을 바라볼 뿐이었다. 다행히 시종들이 박생 앞에 바친 것은 어린 싹으로 만든 고급 차와 맛있는 과일이었다. 좋은 향기가 온 전각에 짙게 퍼졌다. 다과가 끝나자 왕이 박생에게 말하였다.

"선비는 이 땅을 모르시지요? 이곳은 염부주(炎浮洲)라고 합니다. 궁궐의 북쪽에는 옥초산이 있습니다. 염부주는 하늘의 남쪽에

* **통천관** 황제가 나랏일을 보거나 명령을 내릴 때 쓰던 관.
* **홀** 관복과 함께 쓰이는 것으로 손에 드는 도구를 말한다.

있기 때문에 남염부주라고도 합니다. 염부라고 일컫는 이유는 불
꽃이 활활 타오르며 항상 공중에 떠 있기 때문이오. 내 이름은 염
라대왕인데, 불꽃이 몸을 감싸고 있기에 그렇게 말합니다. 이 땅에
서 왕이 된 지도 벌써 만여 년이나 되었습니다. 오래 살다 보니 신
령스러워져서 나의 뜻을 이루게 되었습니다. 창힐*이 글자를 만들
었을 때에는 나의 백성을 보내어 울게 하였고, 석가가 부처가 되었
을 때에는 나의 무리를 보내어 보호하게 하였습니다. 그러나 유교

* **창힐**(蒼頡) 중국 고대에 한자를 만들었다는 전설상의 인물. 창힐이 한자를 만들었을 때, 귀
신들이 자신의 죄를 숨길 수 없게 되어서 울었다는 기록이 있다.

의 전통을 따르는 삼황(三皇), 오제(五帝), 주공(周公), 공자(孔子)의 경우에는 각자 도로써 세상을 다스렸기 때문에, 내가 그 사이에서 상관할 수가 없었습니다."

박생이 물었다.

"주공과 공자와 석가는 어떤 사람입니까?"

"주공과 공자는 중화 문물 속의 성인이고, 석가는 서역의 흉악한 무리 속의 성인입니다. 중화 문물이 비록 밝다고는 해도 사람들의 성품이 순수하지 않을 때가 있습니다. 주공과 공자는 그들을 바르게 인도하였지요. 흉악한 무리들이 비록 어리석다고 해도 사람들의 기질은 예리하거나 무디기도 하기에, 석가는 그들을 옳게 일깨워 주었습니다.

주공과 공자의 가르침은 올바른 것으로 사악함을 물리치는 것이고, 석가의 법은 바르지 못한 것으로 사악함을 물리치는 것입니다. 올바름으로 사악한 것을 물리치기 때문에 주공과 공자의 말은 곧고 바르지만, 바르지 못한 것으로 사악함을 물리치기 때문에 석가의 말은 황당하고 허황됩니다. 곧고 바르기에 군자들이 쉽게 따르게 되고, 황당하고 허황되기에 소인들이 쉽게 믿게 되지요. 그러나 군자와 소인들이 바른 이치로 돌아가게 되는 것은 같습니다. 석가가 세상을 어지럽히거나 백성들을 속여 잘못되게 한 적은 없습니다."

"그렇다면 귀신에 관해서는 어떻게 생각하십니까?"

"귀(鬼)는 음(陰)의 정기이고, 신(神)은 양(陽)의 정기입니다. 대개 귀신은 조화의 흔적으로, 음과 양의 활동으로 생겨납니다. 보통 우리가 살아 있으면 사람이라고 하고, 죽으면 귀신이라고 하지만, 사실 이 둘의 이치는 크게 다르지 않습니다."

"사람들은 귀신에게 제사를 바치고는 합니다. 그렇다면 제사를 받는 귀신과 조화를 부리는 귀신은 서로 다릅니까?"

"다르지 않습니다. 선비는 어찌 모르십니까? 옛 유학자가 귀신은 형체도, 소리도 없다고 하였습니다. 그러나 만물은 처음부터 끝까지 음과 양이 합했다 흩어졌다 하면서 이루어진 것입니다. 하늘과 땅에 제사를 드리는 것은 바로 음양의 조화를 엄숙히 받아들이기 위함이요, 산천에 제사 지내는 것은 음양이 변화하며 오르내리는 데에 보답하기 위함이고, 조상에게 제사 지내는 것은 그 근본에 감사하기 위함이며, 동서남북의 신과 중앙의 두 신 모두 여섯 신에게 제사 지내는 것은 재앙을 피하기 위해서입니다. 이런 제사는 모두 사람들이 공경하는 마음을 갖도록 합니다.

귀신이 형체를 지니면서 인간 세상에 화나 복을 더 내려 주는 존재는 아닙니다. 그런데도 사람들은 제사를 지낼 때 향불을 피우고 슬퍼하면서, 귀신이 곁에 와 있다고 여기며 감동합니다. 공자는 '귀신을 공경하되 멀리하라.'라고 지적한 적이 있는데, 바로 이를

지적한 말입니다."

　"세상에는 사람과 사물을 해치고 나쁜 길로 이끄는 사나운 기운과 요괴로운 도깨비가 있습니다. 이것들도 귀신이라고 말할 수 있습니까?"

　"귀(鬼)는 굽힌다는 말이요, 신(神)은 편다는 뜻입니다. 굽히고 펴기를 자유자재로 하는 것은 만물의 조화를 일으키는 신이요, 굽혔으나 펴지 못하는 것은 기운이 맺혀서 풀리지 않은 요괴입니다. 조화의 신은 음양과 함께하여 처음부터 끝까지 흔적이 없지만, 맺혀서 풀리지 못한 요괴는 사람과 사물에 뒤섞여 원통함과 원한을 품기에 형체를 갖게 됩니다.

요괴는 어디에 깃드는지에 따라 각기 다른 이름으로 부릅니다. 산의 요괴는 '소(魈)'라 하고, 물의 요괴는 '역(魊)'이라고 합니다. 물 속 돌에 사는 요괴를 '용망상(龍罔象)'이라 하며, 나무나 돌에 사는 요괴를 '기망량(夔魍魎)'이라고 합니다. 만물을 해치는 것은 '려(厲)'라 하고, 만물을 괴롭히는 것을 '마(魔)'라 하며, 만물에 붙어 있는 것을 '요(妖)'라 하고, 만물을 홀리는 것을 '매(魅)'라고 합니다. 이들 모두가 굽히기는 했으나 펴지는 못했기에 '귀(鬼)'인 것입니다. 음양의 변화를 헤아릴 수 없는 것을 '신(神)'이라고 하는데, 바로 이것이 귀신이라고 할 때의 신에 해당합니다. 귀신이라고 할 때의 '신'은 오묘한 작용을 가리키고, '귀'는 근본으로 돌아가는 것을 이야기합니다.

하늘과 사람 사이에 이치는 하나이고, 드러나 보이는 것과 보이지 않는 것 사이에도 차이가 없습니다. 그리하여 이 세상에서는 근원으로 돌아가는 것을 '정(靜)'이라고 하고, 천명을 회복하는 것을 '상(常)'이라고 하며, 처음부터 끝까지 조화롭지만 그 조화의 자취를 찾을 수 없는 것을 '도(道)'라고 합니다. 이런 이유 때문에 '귀신의 덕이 매우 크다'고 한 것입니다."

"제가 일찍이 불교를 믿는 사람에게 들었는데, 그것이 진짜인지 말씀해 주십시오. 그에 따르면 하늘에는 천당이라고 하는 즐거운 곳이 있고, 땅 아래에는 지옥이라고 하는 고통스러운 곳이 있으며,

저승에는 10명의 왕이 있는데 이들이 열여덟 지옥의 죄수를 심문한다고 합니다. 그 말이 정말입니까?

또한 사람이 죽고 7일이 지난 뒤, 부처에게 정성스레 공양을 드려 혼이 천당으로 가도록 기원하고, 종이돈을 불사르며 대왕께 기도하면 그 죄를 용서해 준다고 하였습니다. 그렇게 하면 왕께서는 간사하고 포악한 사람도 너그러이 용서해 주십니까?"

염라대왕이 놀라며 말하였다.

"그런 말은 들어 본 적이 없습니다. 옛 성현이 말하기를 '한번 음이 되었다가 다시 양이 되는 것을 도(道)라 하고, 한번 열렸다가 다시 닫히는 것을 변(變)이라고 하며, 끊임없이 생겨나는 것을 역(易)이라 하고, 조금의 거짓도 없는 것을 성(誠)이라고 한다.'라고 하였습니다. 이치가 이와 같은데, 어찌 세상 밖에 다른 세상이 있고, 천지 밖에 다른 천지가 있겠습니까?

왕은 백성들이 믿고 따르는 자를 이르는 말입니다. 주나라 이전에는 모든 백성들의 주인을 이르는 말이 '왕' 외에는 없었습니다. 공자가 《춘추》를 편찬하여 모든 왕들이 바꿀 수 없는 큰 법을 세울 때, 주나라 왕실을 높이면서 그저 왕을 천왕(天王)이라고 하였을 뿐입니다. 왕이라는 명칭보다 더 높은 것이 없었기 때문입니다.

그런데 진나라가 여섯 나라를 멸망시키고 통일을 이루고는 또 다른 이름을 만들었습니다. 스스로 쌓은 공덕이 옛날의 훌륭한 임금인 삼황(三皇)과 오제(五帝)보다 높다고 하여 황제라는 이름을 쓰기 시작한 것입니다. 이때부터 함부로 왕이라고 일컫는 자들이 많아졌으니, 위나라와 초나라의 군주가 바로 그런 자들입니다. 이후 왕이라는 명칭의 의미가 혼란스러워져, 주나라의 태평성대를 이룩한 위대한 왕인 문왕(文王), 무왕(武王), 성왕(成王), 강왕(康王)과 같은 존엄한 호칭도 그만 땅에 떨어지고 말았습니다. 게다가 속세의 무지한 사람들이 분수도 모르고 넘치는 짓을 하니, 이는 말할 가치도 없습니다.

하지만 신의 도는 여전히 엄합니다. 어찌 한 지역에 그렇게 많은 왕이 있겠습니까? 선비는 '하늘에는 두 태양이 없고, 나라에는 두 왕이 없다.'라는 말을 모르십니까? 그러니 선비가 한 이야기는 전혀 사실이 아닙니다. 혼이 천당으로 가도록 기원하는 천도재를 드리고, 나에게 종이돈을 불사르며 기도한다고 하였는데, 왜 그렇게 하는지 그 까닭을 모르겠습니다. 인간 세상에서 하는 거짓되고 망령된 행위를 자세히 이야기해 보십시오."

박생이 자리에서 물러나 옷깃을 여미며 말하였다.

"인간 세상에서는 부모가 죽은 지 49일이 되면, 신분이 높은 사람, 낮은 사람 할 것 없이 절에 달려가 천도재를 올립니다. 이때 부자는 요란하게 소문이 날 정도로 지나치게 낭비를 하지요. 가난한 자도 밭과 집을 팔거나 돈과 양식을 빌려서라도 종이로 꾸며 만든 깃발과 비단을 오려 만든 꽃을 마련하고, 여러 중들을 불러 공양하며 내세의 복을 빕니다. 그런가 하면 흙으로 사람 모습을 빚어 저승길을 안내하는 승려로 삼기도 합니다. 또한 불경 구절을 외우며 노래하는데, 마치 새가 짹짹 울고 쥐가 찍찍거리는 것 같아서 무슨 뜻인지를 알아들을 수 없답니다. 상을 당한 사람이 처자식을 이끌고 친구들을 불러들이는 통에 남녀가 서로 섞이고 똥오줌이 어지럽게 널리게 되어, 사찰의 깨끗한 땅은 더러운 뒷간이 되고, 고요한 사찰은 시장 바닥이 됩니다. 또한 저승의 왕인 '시왕'을 10명 모두 불러 놓고, 음식을 장만하여 제사를 지내고 종이돈을 불태우며 죽은 사람의 죄를 용서해 달라고 빌지요.

그럼 시왕들은 탐욕을 좇아 그들의 부탁을 받아들여야 할까요? 아니면 법도와 규정에 따라 그들을 무겁게 벌해야 할까요? 못난 저는 분하고 원통해하면서도 지금껏 이에 대해 감히 말하지 못했습니다. 염라대왕께서 판단해 주십시오."

염라대왕이 말했다.

"어허! 일이 이 지경에까지 이르다니……. 하늘은 사람에게 본성을 부여하였고, 땅은 살아 있는 동식물을 길렀으며, 임금은 법으로 다스렸고, 스승은 도로 가르쳤으며, 어버이는 은혜로 자식을 길렀습니다. 삼강오륜을 잘 따르면 길하며, 거스르면 재앙을 받습니다. 상서로움과 재앙은 인간의 행동에 따라 받게 되는 것일 뿐입니다. 사람이 죽으면 정신과 기운은 이미 흩어져, 하늘로 오르거나 땅으로 내려가 근원으로 돌아가게 됩니다. 그러니 어찌 다시 저승에 머물 리 있겠습니까?

간혹 원통하게 죽거나 젊은 나이에 억울한 사고로 죽은 귀신들이 전쟁터 모래밭에서 슬피 울기도 하고, 원한 맺힌 집에서 처량하게 울기도 합니다. 자신의 기운을 제대로 펼치지 못한 탓이지요. 그들은 무당에게 몸을 맡겨 자신의 사정을 드러내기도 하고, 산 사람에게 붙어 원한을 밝히기도 합니다. 그러나 이들도 결국에는 흔적 없이 근원으로 돌아가게 되지요. 그런데 어찌 저승에 모습을 드러내어 지옥에서 형벌을 받겠습니까? 사물의 이치를 탐구하는 군자라면 사실이 아님을 짐작할 수 있을 겁니다.

심지어 부처에게 재를 올리고, 10명의 왕들에게 제사를 지내는 일은 더욱 허무맹랑합니다. 재라는 것은 더러움 없이 깨끗이 한다는 의미로, 바르지 못한 것을 바르게 하는 행위지요. 부처라는 것은 맑고 깨끗함을 이르는 말이고, 왕은 존엄함을 대표하는 호칭입니다. 공자는 《춘추》에서 왕이 수레와 금을 요구하는 일은 옳지 못하다고 지적한 적이 있습니다. 부처에게 돈과 비단을 바치는 일도 위나라와 한나라에 이르러서야 시작되었습니다. 어찌 부처가 세상 사람들이 드리는 공양을 누리고, 왕이 죄인의 뇌물을 받겠습니까? 또한 어찌 저승의 귀신이 세상에서의 일을 두고 형벌을 내리겠습니까? 이 또한 이치를 연구하는 선비라면 마땅히 추측할 수 있겠지요."

박생이 다시 물었다.

"세상 사람들은 윤회에 대해 이야기합니다. 이 세상에서 죽으면 끊임없이 저세상에서 태어난다고 하지요. 윤회에 대해 설명해 주실 수 있겠습니까?"

"정령이 미처 흩어지지 않아 윤회가 있는 것처럼 보이지만, 시간이 지나면 결국 모든 것은 흩어져 사라지고 맙니다."

"왕께서는 왜 이런 낯선 땅에 살게 되었고, 어떻게 왕이 되셨습니까?"

"나는 인간 세상에 있을 때, 왕에게 충성을 다하였고 온 힘을 다해 도적을 무찔렀습니다. 나는 죽으면 사나운 귀신이 되어서라도 적들을 죽이겠다고 다짐했지요. 내가 죽은 뒤에도 충성하는 마음은 변함없었지만, 그 맹세는 이루어지지 않았습니다. 그래서 이 험악한 곳에 살면서 우두머리가 된 것입니다.

지금 이곳에 살면서 나를 우러러보는 자들은 모두 전생에 못된 짓을 한 자들입니다. 부모나 임금을 죽인 간악하고 흉포한 무리들이지요. 이들은 이곳에 살면서 내 아래에서 잘못된 마음을 바로잡습니다. 그렇기에 정직하고 공평하지 않은 사람은 하루도 이곳에서 우두머리가 될 수 없습니다.

나는 선비가 정직하고 뜻이 높아 인간 세상에 있으면서 지조를
굽히지 않았다고 들었습니다. 선비는 진정한 달인이면서도 지금껏
뜻을 제대로 펴 보지 못했다지요. 이는 다듬어지지 않은 아름다운
보배가 흙먼지 날리는 들판에 버려지고, 한밤중에도 빛을 내는 보
배로운 명월주가 깊은 연못 속에 잠겨 있는 것과 같습니다. 다듬고
매만질 뛰어난 장인을 만나지 못했으니, 누가 귀한 보물임을 알아
보겠습니까? 참으로 안타깝기 그지없습니다. 나는 운이 다하여 곧
죽을 것입니다. 선비 또한 목숨이 다하여 광야의 쑥 덩굴에 묻히게
될 것입니다. 그러니 앞으로 이곳을 다스리십시오. 이 나라를 맡을
사람은 선비밖에 없습니다.”

　말을 마치고 염라대왕은 잔치를 열어서 선비를 극진히 모셨다.

　잔치 도중에 염라대왕은 조선 땅에 생겨났던 나라들이 어떻게
흥하고 망했는지 물어보았다. 박생이 고려의 건국을 말하는 대목
에 이르자, 염라대왕은 여러 번 탄식하였다.

　“나라를 다스리는 자가 백성을 폭력으로 다스리고 옭아매서는
안 됩니다. 백성들이 겉으로는 두려워하며 따르는 것 같지만, 안으
로는 언제든 반역할 마음을 갖게 됩니다. 그러한 마음이 날로 달로
쌓이면, 단단한 얼음과 같은 재앙이 일어날 것입니다.

　덕이 있는 사람이라면 힘으로 왕위에 올라서는 안 됩니다. 하늘

은 비록 간곡하고 자세하게 타이르지는 않지만, 어떤 일을 행하여 그것이 잘못된 것임을 보여 주십니다. 처음부터 끝까지 옥황상제의 명은 엄격합니다. 나라는 백성의 나라이며, 나라를 다스리라고 하는 명령은 천명입니다. 천명이 이미 거두어지고 민심이 이미 떠났다면 왕이 무엇을 할 수 있겠습니까?"

이번에는 박생이 이단을 숭상하다가 재앙을 받거나 길한 일이 있었던 역대 왕들에 대하여 자세히 이야기했다. 염라대왕은 이를 듣자마자 바로 이맛살을 찡그리며 말하였다.

"백성들이 왕의 덕을 칭송하고 노래 불러도 홍수나 가뭄이 올 때가 있지요. 이는 하늘이 왕에게 거듭 조심하라고 경고를 주는 것입니다. 백성들이 왕을 원망하고 탄식하여도 좋은 일이 일어날 때가 있지요. 이는 간사하고 악독한 것이 왕을 홀려 더욱 교만하게 만들기 때문입니다. 역대 제왕들에게 상서로운 일이 일어났다고 해서 백성들이 편안해했습니까? 아니면 원통해했습니까?"

박생이 고개를 끄덕이며 말했다.

"간신들이 벌 떼처럼 일어나고 큰 난리가 계속해서 일어나는데도, 왕은 백성을 위협하고 거짓으로 명예를 얻으려고 합니다. 어찌 백성들이 평안할 수 있었겠습니까?"

염라대왕이 한참 있다가 탄식하며 말하였다.

"선비의 말이 옳습니다."

그사이 잔치가 끝났다.

염라대왕은 박생에게 왕의 자리를 물려주기로 마음먹고, 손수
글을 지었다.

염부주는 풍토병*이 심한 땅이다. 일찍이 천하를 다스렸던 우
왕(禹王)도, 준마*를 타고 천하를 유람했던 목왕(穆王)도 이곳에 와
보지 못했다. 이곳은 늘 붉은 구름이 해를 가리고 있으며, 독한 안
개가 하늘을 뒤덮고 있다. 갈증이 나면 뜨거운 구리물을 마셔야
하고, 배가 고프면 불에 달구어져 김이 오르는 쇳덩이를 먹어야 한
다. 귀신이 아니면 이곳에 발붙일 수가 없고, 도깨비가 아니면 그
기운을 펼 수가 없다. 불로 된 성이 천 리나 뻗어 있고, 쇠로 된 산
이 만 겹이나 둘러싸고 있다. 이곳의 백성은 억세고 사납다. 그러
므로 정직하지 않으면 그들의 간악함을 분별해 낼 수 없다. 게다
가 울퉁불퉁하고 높은 곳에 자리 잡고 있어서, 신통한 위엄이 없으
면 백성을 좋은 방향으로 이끌 수 없다.

아! 그대! 동쪽 나라에서 온 박 아무개여! 그대는 정직하고 공
평하며, 강직하고 굳세어 결단력이 있도다. 왕이 될 수 있는 바탕

---

* **풍토병** 어떤 지역의 특수한 기후나 토질로 인하여 발생하는 병. 열대 지방의 말라리아·일본의 일
본 뇌염 따위를 이른다.

* **준마** 빠르게 잘 달리는 말.

을 갖고 있으며, 무지몽매한 사람들을 깨우치는 재주도 가졌다. 죽기 전에는 높은 지위에 오르지 못하였으나, 죽은 뒤에는 나라를 다스리는 법도와 질서를 갖게 되리라. 이곳 백성들이 영원히 의지할 사람이 그대 말고 누가 있겠는가? 마땅히 덕으로 인도하고 예를 갖추어 백성들을 잘 이끌고, 세상을 평화롭게 만들기를 바라노라. 하늘의 이치에 따르며, 요임금이 순임금에게 왕위를 물려준 것을 본받으며 나도 그대에게 내 자리를 물려주려 하노라. 아아! 그대는 이를 받아들이도록 하라.

박생이 글을 받아 들고, 몸을 돌려 두 번 절한 뒤에 나왔다. 염라대왕이 신하와 백성들에게 축하의 뜻을 전하고는, 박생을 황태자를 대하는 예절로 대했다.

"머지않아 이곳에 다시 돌아오게 될 것입니다. 수고스럽지만 이번 가는 길에 나와 나누었던 말을 인간 세상에 전하여 주십시오. 그리하여 그 땅에 황당한 일들이 모조리 없어지게 해 주십시오."

박생도 절을 올리며 감사를 드렸다.

"어찌 왕의 말을 따르지 않겠습니까?"

박생은 말을 마치고 문을 나섰다. 수레를 끌던 사람이 발을 헛디뎌 넘어지는 바람에 수레가 뒤집혔다. 박생도 땅에 고꾸라지다가 깜짝 놀라 깨어났다.

꿈이었다. 눈을 뜨고 살펴보니 책은 책상 위에 내던져져 있었고, 등잔불은 꺼질 듯 깜빡거렸다. 박생은 한참 동안 의아해하다가, 자신이 곧 죽을 것이라는 사실을 알았다. 그리하여 박생은 날마다 분주하게 집안일을 처리하고 정리를 했다.

몇 개월 뒤, 박생은 병이 들었다. 그는 나을 수 없다는 것을 알았기에 의원과 무당을 멀리하다가 세상을 떠났다.

그날 저녁에, 이웃집 사람의 꿈에 신령한 사람이 나타나 이렇게 말하였다고 한다.

"너의 이웃인 박 아무개께서는 장차 염라대왕이 되실 것이다."

용궁부연록
龍宮赴宴錄

·

용궁 잔치에 간 이야기

·

송도에는 천마산(天磨山)이 있다. 산이 높이 솟아 뾰족하며 가파르고 빼어난 산이었다. 가운데에는 '박연'이라고 하는 못이 있는데, 이 못은 폭포수가 떨어져 깊게 패여서 만들어졌다. 매우 좁고 깊은 연못이었다. 못에서 넘쳐흐른 물은 백여 길이 넘는 폭포가 되어 떨어졌다. 풍경이 맑고 수려하여 유람하는 스님이나 그곳을 지나는 나그네들은 반드시 박연을 구경하고 갔다. 박연에서 신이한 정령이 나타났다는 사실도 기록에 실려 있었다. 이에 나라에서는 새해의 첫머리에 제물을 갖추어 제사를 지냈다.

고려 시대에 한생이라는 사람이 있었다. 한생은 어려서부터 글을 잘 짓기로 유명했다. 그의 이름이 조정에 알려져 글 잘하는 선비로 칭송받을 정도였다.

어느 날 늦은 저녁, 한생이 방에 조용히 앉아 있었다. 그때 갑자기 푸른 저고리에 검은 모자를 쓴 관리 두 사람이 공중에서 내려와 뜰에 엎드리며 말하였다.

"박연에 있는 용왕께서 초대하셨습니다."

한생이 깜짝 놀라 얼굴빛이 바뀌었다.

"신과 사람 사이에는 길이 막혀 있는데, 어찌 서로 만날 수 있겠습니까? 또한 용왕이 계신 물속 세계는 아득히 넓고 파도가 심한데, 어찌 편히 갈 수 있겠습니까?"

두 관리가 말하였다.

"준마가 문 앞에 있습니다. 부디 거절하지 마십시오."

두 사람은 공손하게 예를 갖추었다. 그러고는 한생의 소매를 끌고 문밖으로 나갔다.

문밖에는 정말로 흰 털에 파르스름한 갈기와 꼬리를 가진 명마가 있었다. 금으로 만든 안장에 옥으로 된 재갈을 물리고, 노란 비단을 머리에 씌운 말이었는데, 양쪽에 날개가 있었다. 곧 머리에 붉은 두건을 쓰고 비단 바지를 입은 시종들이 10명도 넘게 나타나, 한생을 부축하여 말에 태웠다. 깃발과 양산을 든 시종들이 앞에서 인도하고, 기녀들과 악대가 뒤에서 따르는 가운데, 두 관리도 홀을 들고 뒤쫓아 왔다.

말이 공중으로 날아오르자, 단지 발아래 자욱이 피어나는 연기와 구름만이 보였을 뿐이다.

어느새 용궁 문밖에 이르렀다.

한생은 말에서 내려섰다. 문지기들은 모두 방게와 자라의 껍데기 같은 갑옷을 입고, 한 치나 튀어나온 눈자위로 주변을 두리번거리며 경비를 보고 있었다. 문지기들은 한생을 보자마자 마치 기다리고 있었다는 듯이 머리를 숙여 인사하고는, 바로 자리를 펼치며 쉬라고 하였다. 두 관리는 용왕에게 보고하기 위해 달려 들어갔다.

잠시 후 푸른 옷을 입은 동자 두 명이 나와 손을 모으고 인사를 하고는 한생을 이끌고 들어갔다. 한생이 천천히 걸어가다가 궁궐의 문을 올려다보니 문 위에 '함인문'이라고 적힌 현판이 걸려 있는 게 보였다.

　　문으로 들어서자 용왕이 보였다. 용왕은 볼록 솟은 절운관을 쓰고 허리에는 칼을 차고 있었다.

　　용왕은 다시 한생을 이끌고 계단을 오르더니, 수정궁의 백옥으로 된 평상에 앉으라고 권하였다. 한생이 바짝 엎드린 채로 한사코 사양하며 말하였다.

　　"저는 인간 세상의 어리석은 사람으로, 풀과 나무와 함께 썩을 몸입니다. 어찌 감히 용왕님께 분에 넘치는 대접을 받겠습니까?"

　　용왕이 말했다.

　　"오랫동안 훌륭한 명성을 들어 왔습니다. 지금에서야 선비의 귀한 모습을 보게 되었군요. 조금도 이상하게 생각하지 마십시오."

　　한생은 3번 사양하다가 결국 자리에 앉았다. 용왕은 남쪽을 바라보며 칠보로 단장된 화려한 평상에 앉았고, 한생은 서쪽을 향해 앉았다. 자리에 앉은 지 얼마 지나지 않아 문지기가 들어와 보고했다.

　　"손님이 오셨습니다."

　　용왕이 다시 문밖으로 나가 영접하였다.

　　문밖에 붉은 도포를 입은 세 사람이 아름답게 꾸민 가마에 올

라 있는 것이 보였다. 위엄 있는 모습도 그렇거니와 시종들이 따르는 것을 보니, 분명 왕인 것 같았다.

곧 세 사람도 궁 안으로 들어왔다. 한생은 들창 아래에 숨어 있었다. 그들이 자리를 정해서 앉으면 그때 인사를 할 생각이었다. 용왕은 세 사람에게 동쪽을 향해 앉기를 권하고는 말했다.

"마침 인간 세상에서 글 잘하는 선비를 모셔 왔습니다."

그러고는 신하들을 시켜 한생을 데려오

게 하였다.

한생이 재빨리 앞으로 나가 절을 올리자, 그들도 모두 머리를 숙이며 답례하였다. 한생은 함께 자리에 앉는 것을 사양하였다.

"신들께서는 귀하신 몸이지만, 저는 일개 미천한 선비일 뿐입니다. 이 높은 자리에 함께하다니 가당치도 않습니다."

그러자 손님들이 모두 입을 모아 말하였다.

"물속 세계와 인간 세상은 길이 다르니, 신분이 높고 낮다 하여 상관하지는 않습니다. 게다가 용왕은 몹시 엄하시어 사람을 잘 본답니다. 필시 그대는 인간 세상에서 문장을 잘하는 뛰어난 분일 겁니다. 용왕의 명이니 거절하지 마십시오."

용왕이 말하였다.

"앉으시지요."

세 사람이 자리로 나아갔다. 한생도 몸을 굽히고 조심스럽게 올라가 자리 끝에 꿇어앉았다. 용왕이 이를 보고 말하였다.

"편히 앉으십시오."

모두 자리를 잡고 차를 마시는 중에 용왕이 말하였다.

"과인의 외동딸이 시집갈 나이가 되었습니다. 그런데 막상 시집을 보내려 하니, 사는 곳이 누추하여 사위를 맞을 집과, 첫날밤의 화촉을 밝힐 방이 없더군요. 이제 새로운 건물 하나를 짓고, 가회

각(佳會閣)이라고 이름을 붙일까 합니다. 집을 만들 장인들도 이미 모여 있고, 재료로 쓸 나무와 돌들도 다 갖추었지요.

그런데 상량문*을 미처 준비하지 못했습니다. 듣자 하니, 그대는 온 나라에 명성이 자자하고, 재주가 모든 문인이나 학자들 가운데 최고라고 하더군요. 그리하여 특별히 멀리서 초청한 것입니다. 과인을 위하여 상량문을 지어 주기 바랍니다."

용왕의 말이 끝나기도 전에 갈래머리를 한 동자 두 명이 들어왔다. 동자 한 명은 푸른 옥으로 된 벼루와 소상강의 대나무로 만든 붓을 받들고 있었고, 다른 한 명은 얼음같이 희고 깨끗한 비단을 받들고 있었다. 두 동자가 꿇어앉아 한생 앞에 그것을 바쳤다.

한생은 절을 하고 일어나 붓에 먹을 묻혀 그 자리에서 상량문을 완성하였다. 과연 상량문의 글씨가 뛰어나, 마치 구름과 연기가 서로 얽히며 일어나는 것 같았다.

그 내용은 이러하였다.

가만히 생각해 보면, 하늘과 땅 사이에서는 용왕이 가장 영험하고, 인간 세상에서는 부부가 가장 중요하다. 용왕께서 이미 만물을 윤택하게 하신 공덕이 있으니, 복이 넘칠 터전이 없겠는가? 일

* **상량문**(上樑文) 새로 짓거나 고친 집의 내력이나 집을 공사한 날짜 등을 적어 둔 글.

찍이 《시경》의 〈관저〉 편에서 좋은 짝을 만나는 것을 노래하여 부부가 만물의 시작임을 드러내었고, 《주역》의 〈건괘구오〉에서 하늘을 나는 용이 성인을 만나는 것을 이야기하여 신비로운 변화의 자취를 보여 주었다.

이에 새로운 건물을 하나 지어 좋은 이름을 밝게 내걸었다. 이무기와 악어를 모아 힘을 쓰게 하고, 보배로운 조개를 모아 건축의 재목으로 삼았으며, 수정과 산호로 된 기둥을 세우고, 용의 뼈와 옥돌로 된 대들보를 걸었다. 주렴을 걷으면 산에 푸릇한 기운이 가득하고, 옥으로 된 문을 열면 골짜기에 구름이 둘러싸고 있다.

공주께서는 가정이 화목하여 만년의 큰 복을 누리고, 부부 금슬이 좋아 억만년에 걸쳐 자손이 번성하리라. 용왕께서는 바람과 구름의 변화를 잘 이용하여 조물주가 만든 세상의 모든 것을 영원히 도울 것이다. 또한 하늘에 있을 때나 연못에 잠겨 있을 때나 백성들의 목마름을 풀어 주고 옥황상제의 어진 마음을 도울 것이다. 높이 날아오르면 온 세상이 기뻐하고, 위엄과 덕이 사방에 뻗쳐 검은 거북과 붉은 잉어는 뛰놀고 노래하며, 나무 정령과 산도깨비도 차례로 와서 축하하리라.

이에 짧은 노래 하나를 지어 대들보에 새겨 걸게 하노라.

대들보 동쪽으로 떡을 던지세.

울긋불긋한 높은 봉우리가 푸른 하늘에 닿아 있다.

밤새도록 우렛소리 골짜기에 울리더니

만 길 벼랑에는 구슬 빛이 영롱하다.

대들보 서쪽으로 떡을 던지세.

바위를 감돌아 가는 길에 산새들이 지저귄다.

맑고 맑은 깊은 못은 몇 길이나 되려나?

더 깊어진 봄물이 마치 유리 같구나.

대들보 남쪽으로 떡을 던지세.

십 리 소나무 숲에 푸른 기운이 가로 걸려 있다.

누가 용궁의 굉장함을 알겠는가?

푸른 유리 같은 물 밑에 그림자로 잠겨 있을 뿐이니.

대들보 북쪽으로 떡을 던지세.

아침 해가 막 떠오르고 잔잔한 연못 물이 푸르다.

삼백 길 흰 비단이 허공에 가로 걸려 있으니

혹시 은하수가 떨어진 것은 아닌지?

대들보 위로 떡을 던지세.

흰 무지개 어루만지며 창공에서 노니노라.

발해 땅에 있다는 해 뜨는 곳은 천만 리 밖이라는데

인간 세상 돌아보니 손바닥 같구나.

대들보 아래로 떡을 던지세.

애달프게도, 봄날 밭두렁엔 뜨거운 먼지 날린다.

신령스러운 물 한 방울 가져다

온 세상 적시는 단비로 만들고 싶구나.

이곳이 다 지어진 뒤에 여기에서 첫날밤을 맞이하면 만복이 모두 이르고, 천 가지 상서로움이 다 모여들기를 바라나이다. 아름다운 궁전에는 길한 구름이 가득하고, 봉황 베개와 원앙 이불에는 기쁨의 소리가 들끓어 올라, 그 덕을 드러내지 않아도 신령스러움이 빛나게 하소서.

한생이 상량문을 써서 바치자 용왕이 크게 기뻐하며 손님으로 온 세 사람에게도 읽어 보게 하였다. 세 사람 역시 한생의 글을 보며 감탄하였다. 용왕은 상량문을 완성한 것을 기념하여 잔치를 열어 주었다.

한생이 무릎을 꿇고 말했다.

"존귀하신 신들이 모두 모이셨는데, 감히 존함을 여쭙지 못하겠습니다."

용왕이 답했다.

"그대는 인간 세상의 사람이니 정말 모르겠군요. 이분들은 모두 강물의 신입니다. 첫 번째는 조강(祖江), 그러니까 한강 하류의 신이요, 두 번째는 낙하(洛河), 즉 임진강의 신이며, 세 번째는 벽란(碧瀾), 예성강의 신이지요. 오늘 그대와 함께 즐거운 시간을 보내기를 바라는 마음에서 특별히 초대했습니다."

그러는 사이 술이 나오고 음악이 연주되었다. 십여 명의 아름다운 여인들은 머리에 옥으로 만든 꽃을 꽂고, 푸른 소매를 휘날리며 앞뒤로 왔다 갔다 춤을 추면서, 푸른빛이 도는 깊은 연못을 노래한 〈벽담곡(碧潭曲)〉을 불렀다.

청산은 푸르고 푸르며
벽담은 넘치고 넘친다.
흩날리는 골짜기 물의 성대한 모습은
하늘의 은하수에 닿았네.
저 가운데 있는 임이여!

허리에 찬 패옥 소리 쟁쟁하여라.

위엄은 불꽃처럼 빛나고

아! 기개와 도량은 당당하여라.

좋은 날을 길일로 택하였으니

봉황이 울음 우는 태평성대 점찍었네.

날개를 단 듯한 좋은 집을 지었으니

상서롭고도 신령스럽구나.

글하는 선비를 불러 짧은 글 짓게 하고

성대한 교화를 노래하며 대들보를 올린다.

향기로운 술을 부어 잔을 돌리고

제비처럼 가볍게 봄볕 속을 거닌다.

동물 입 모양의 향로는 상서로운 향을 뿜어내고

돼지 배 모양의 솥에서는 맛있는 음식이 끓고 있다.

북소리에 풀어져 있다가

피리 소리에 예를 갖추고 빨리 걸어간다.

용왕이 엄숙하게 자리에 있으니

그 지극한 덕을 우러러 잊을 수 없네.

춤이 끝나자 이번에는 총각 십여 명이 왼손에는 피리를, 오른손
에는 깃털 양산을 들고 나와 빙빙 돌면서, 바람을 노래한 〈회풍곡

〈回風曲(回風曲)〉을 불렀다.

　　　산기슭에 있는 임이여!
　　　덩굴 옷과 띠를 한 은자의 모습이네.
　　　해는 저물고 물결은 맑게 일어나
　　　잔잔한 무늬가 비단결처럼 인다.
　　　바람 불어와 귀밑머리 흩날리고
　　　구름 일어나 옷자락이 너울댄다.
　　　빙글 돌며 굽히고는
　　　고운 웃음 지며 서로 스쳐 지나간다.
　　　내 홑옷은 울음 우는 여울에 벗어 두고
　　　내 반지는 차가운 모래밭에 빼놓았네.
　　　이슬은 뜰 안의 풀을 적시고
　　　구름과 안개는 높은 산에 아득하다.
　　　멀리 삐죽삐죽한 봉우리를 바라보니
　　　강가의 푸른 소라와 비슷하다.
　　　이따금 징 울리는 소리에
　　　취하여 비틀비틀 춤을 춘다.
　　　술은 강물처럼 넘치고
　　　고기는 언덕처럼 쌓였네.

손님은 벌써 취하여 얼굴이 붉어

새 노래를 짓고는 취흥에 빠져 노래 부른다.

서로 붙들고 당기며

손뼉을 치거나 깔깔거리며 웃네.

술 단지 두드리며 마음껏 다 마셨는데

맑은 흥이 다하자 슬픈 마음 깊어진다.

춤이 끝나자 용왕이 손뼉을 치며 기뻐하고는 다시 술 한 잔을 한생에게 건넸다. 용왕은 옥으로 만든 용 모양의 피리를 불고, 물 속 용을 노래한 〈수룡음(水龍吟)〉 한 가락을 부르며 즐거운 정을 다 하였다. 그 가사는 이러하였다.

풍악 소리 가운데 잔을 전하는데

기린 모양의 향로는 용뇌향을 뿜어낸다.

옥피리 비껴들고 한 곡조 불어 보니

구름을 쓸어 낸 듯 하늘이 푸르네.

풍악은 파도를 일으키고

곡조는 바람과 달을 바꾸었네.

풍경은 아름답고 사람은 늙어 가니

화살같이 빠르게 흐르는 세월이 아쉽구나.

풍류는 꿈과 같아

즐거움이 다시 번뇌를 낳는다.

서쪽 고개에 물든 맑은 노을이 흩어지자

반갑게도 동쪽 봉우리에서 차가운 쟁반 같은 달이 떠오른다.

잔 들어 묻노니

푸른 하늘의 밝은 달은

세상의 추함과 아름다움을 얼마나 보았는가?

술은 금술잔에 가득한데

사람들은 옥산이 무너진 듯 쓰러져 있구나.

누가 밀어 넘어뜨렸나?

아름다운 손님들이여!

십 년 동안 쌓인 작고 큰 모든 근심 털어 버리고

통쾌하게 푸른 하늘로 오르게나.

용왕이 노래를 마치고 좌우를 돌아보며 말하였다.

"이곳의 기예와 놀이는 인간 세상과는 다르다. 너희들은 귀한 손님을 위하여 재주를 드러내 보아라."

그러자 게의 모습을 한 곽 개사(郭介士)라는 자가 발을 들고 옆으로 걸어 나오며 말하였다.

"저는 바위 속, 혹은 모래 구멍에 숨어 사는 선비입니다. 바람 맑은 8월이면 동해 바닷가에 벼 까끄라기를 옮겨 놓고, 높은 하늘에 구름이 흩어지면 남정성(南井星) 옆에서 빛을 머금습니다. 저는 속이 누렇고 겉은 둥글며 갑옷을 입고 날카로운 창을 가지고 있습니다. 항상 손발이 잘린 채 솥으로 들어가고, 정수리가 갈라지면서까지 사람을 이롭게 하지요. 좋은 맛과 풍류는 험상궂은 사내들의 얼굴을 풀어지게 하고, 생긴 모습과 기어 다니는 모양은 부인들에게 웃음을 주기도 합니다. 조나라 왕륜은 물속에 있는 저를 싫어하였지만, 송나라 때의 전곤은 늘상 저를 생각했습니다. 죽어서는 진나라 이부 상서 필탁의 손에 들어갔지만, 정신만은 당나라의 화가 한황에게 의지하고 맡겼지요.* 이제 이러한 자리를 만나 놀게 되었으니, 다리를 놀려 춤을 추어 보겠습니다."

곽 개사가 앞으로 나아가 갑옷을 입고 창을 잡은 채 거품을 물고 눈을 부라리며, 눈동자를 돌리고 사지를 떨었다. 그는 뒤뚱거리면서도 재빠르게 움직여, 앞으로 나왔다 뒤로 물러났다 하며 팔풍무(八風舞)라는 춤을 추었다. 곽 개사의 무리 수십 명이 함께 곧바로 가다가 옆으로 돌기도 하고, 엎드리기도 하며, 절도 있는 춤을 추

* 왕륜은 해계(蟹系)라는 사람을 싫어한 나머지 게도 싫어했다고 한다. 해계의 해는 '게'라는 뜻이다. 송나라 전곤은 게를 좋아하여 게가 나는 지방 관직에 임명되기를 바랐다고 한다. 그런가 하면 필탁은 한 손에 술을 들고 다른 한 손에 게의 집게발을 들고 싶어 할 만큼 게를 무척 좋아했다고 한다. 한황은 방게를 절묘하게 잘 그렸다고 한다.

었다.

이번에는 곽 개사가 노래를 지어 불렀다.

강과 바다의 구멍에서 살고 있지만

기운을 토하면 호랑이와도 싸울 수 있다네.

아홉 자 크기가 된 몸은 나라에 바쳐지는데

종족도 열이나 되어 이름도 각가지.

용왕의 아름다운 모임이 하도 기뻐

아! 발을 구르며 옆으로 걷는다.

연못에 잠겨 홀로 지내는 것을 사랑하지만

강가 포구의 등불 빛에 놀라기도 하지.

은혜를 갚으려 눈물 흘려 구슬을 만든 것이 아니요,

원수에 보복하려고 창을 비껴든 것도 아니라네.

아! 물속의 대단한 족속들은 나를 속없는 자라고 비웃지만

나는 군자에 비할 수 있으니

덕이 배 속에 가득하여 속이 누른 것이라네.

안에 차 있는 아름다움이 팔다리에 뻗쳐 있으니

집게발에는 옥구슬이 흐르고 향이 모여 있다.

아! 오늘 저녁은 어떤 저녁이기에

신선의 술자리에 오게 되었는가?

용왕은 머리 들어 노래 부르고
손님은 벌써 취하여 이리저리 배회한다.
황금 궁전의 백옥 상에서
큰 술잔을 돌리고 풍악을 울리니
신들의 기이한 피리 소리 즐겨 보고
온갖 그릇에 가득한 신선 세계의 음식 배불리 먹어 보세.
귀신도 뛰어가며 빙글빙글 돌고
물고기도 펄떡펄떡 뛰논다.
산에는 개암나무, 진펄에는 감초 풀이 자라니
임금의 은혜는 잊을 수가 없구나.

곽 개사는 노래를 부르면서 춤을 추었다. 왼쪽으로 돌다가 오른쪽으로 꺾어지기도 하고, 뒤로 물러났다가 앞으로 달려가기도 하였다. 그 춤을 보며 자리에 있는 이들은 데굴데굴 굴러 가며 웃었다.

춤이 끝나자 이번에는 거북이 현 선생(玄先生)이라는 자가 꼬리를 끌고 목을 쭉 빼고는 기운을 뽐내다가 앞으로 나오며 말하였다.

"저는 시초 더미에 숨어 사는 선비요, 연잎에서 노니는 사람입니다. 중국 하나라 때는 낙수(洛水)에서 등에 글을 새기고 나와서, 홍수를 다스린 우 임금의 공로를 널리 알린 적이 있습니다.* 그런가 하면 송나라 원군(元君)은 꿈을 꾼 후, 여차라는 어부가 저를 잡아 오자 저를 기르면서 72번 제 배를 갈라 길흉을 점친 적도 있습니다. 비록 저의 배를 갈라서 사람을 이롭게 하였으나, 껍데기가 벗겨지는 것만은 견딜 수 없는 고통입니다. 노나라 장공(臧公)은 저를 이용해 거북점을 치고, 저의 껍데기를 보배로 삼았지요.

저는 내장이 돌같이 딱딱하고 몸에는 검은 갑옷을 걸쳤으며, 가슴속에서는 장사의 기상이 뿜어져 나오지요. 진(秦)나라 사람 노오(盧敖)는 제 등에 걸터앉아 조개를 먹으며 삶을 즐겼습니다. 또한 저를 기르다가 놓아준 진(晉)나라 사람 모보(毛寶)가 전쟁에서 패하고 물에 뛰어들었을 때, 제가 은혜를 갚기 위해 그를 등에 태워서 구해 주기도 하였습니다.

살아서는 태평한 시대의 보배가 되고, 죽어서는 영험한 길을 알려 주는 보물이 되었으니, 이제 입을 벌리고 웃으며 크게 노래 불러서, 오랫동안 묻어 두었던 저의 가슴속 회포를 풀어 볼까 합니다.”

현 선생은 말을 마치고 자리 앞쪽으로 나아갔다. 현 선생이 숨을 내뱉자 그의 숨결이 백여 척이 넘는 길이로 가늘고 길게 이어지

---

* 우 임금이 홍수를 다스릴 때 나온 거북이 등에 1부터 9까지의 수가 나타나 있었는데, 이를 바탕으로 우 임금이 정치 도덕의 아홉 가지 원칙을 만들었다고 한다.

다가, 다시 들이마시자 흔적도 없이 사라졌다.

현 선생은 목을 움츠려 넣고 팔다리를 감추다가, 목을 길게 빼어 머리를 흔들기도 하였다. 그러더니 잠시 후, 조용히 나아가 구공무(九功舞)라는 춤을 추면서 혼자 앞으로 갔다 뒤로 물러났다 하더니 노래를 지어 불렀다.

산과 연못에 의지하여 그 사이에 끼어 지내며

숨을 아껴 쉬며 오래 사는데

천년이 되면 다섯 가지 색을 갖추고

꼬리 열 개를 흔드니 가장 신령한 존재로다.

내 차라리 진흙 속에서 꼬리를 끌지언정

죽어서 점을 치는 존재로 살기를 바라지는 않으니

신선이 먹는 불사약 없어도 오래 살며

도를 배우지 않아도 영험해진다네.

천 년 만에 성스런 임금을 만나면

밝게 빛나는 상서로운 징조들을 바친다네.

나는 물속 생물들 가운데 어른이어서

내 등껍질의 무늬는 하(夏)나라와 은(殷)나라의 역법에 바탕이 되고

내 등에 있는 아홉 가지 수는 우임금의 홍범구주가 되었으며

좋고 나쁨을 알려 주어 계책을 이루게도 하였지.

그러나 지혜가 많아도 위태로움과 고난을 피할 수 없고

능력이 많아도 미치지 못하는 것이 있어

심장이 갈리고 등이 지져지는 일에서 벗어나지 못하니

모든 물고기들과 짝하여 자취를 감추려 한다.

아! 목을 늘이고 발꿈치를 들어 움직여

높은 용궁의 잔치에 참석하였으니

용이 날아오르는 신령한 변화를 축하하며

신령한 거북을 삼키고 쓴 것 같은 글솜씨를 감상한다.

술이 나오고 음악이 울리니

아! 그 즐거움은 끝이 없도다.

악어가죽으로 된 북을 치고 퉁소를 부니

그윽한 골짜기에 숨어 있는 용이 춤을 춘다.

산과 물의 도깨비들이 모여들고

크고 작은 강물의 신들도 함께하니

그 모습은 진(晉)나라 사람 온교(溫嶠)가 무소의 뿔을 태워 본 물속의

괴물 같고

우임금이 솥을 만들자 모습을 드러낸 물귀신 같네.

앞뜰에서 서로 춤추고

웃고 즐기며 손뼉도 치는데

어느새 해 저물고 바람이 일어,

물고기와 용들이 뛰놀고 물결 일렁인다.
이처럼 좋은 때 자주 오지 않으니
마음이 더욱 격렬해지며 이내 서글퍼진다.

노래가 끝난 뒤에도 현 선생은 갑자기 펄쩍펄쩍 뛰면서 몸을 낮추었다 올렸다 하며 춤을 추었다. 자리에 있는 모든 자들이 그 모습을 보고 큰 소리로 웃었다.

현 선생의 춤과 노래가 끝났다. 그러자 나무와 돌의 도깨비와 산속 정령들이 일어나 각자 재주를 뽐내며 휘파람을 불거나, 노래를 부르거나, 춤을 추거나, 피리를 불거나, 손뼉을 치거나, 발을 굴렀다. 각기 노는 모습이 달랐지만 입을 맞추어 노래 불렀다.

못에 있는 용왕은
때로는 하늘로 솟아오르네.
아! 천만년 동안
그 복이 이어지리라.

삼가 예를 갖추어 어진 선비를 부르니
엄연한 신선과 같구나.

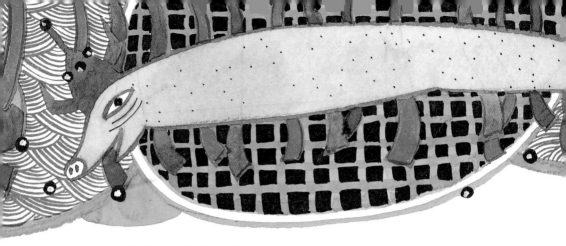

저 새로 지은 글을 감상해 보니
주옥같은 글귀가 서로 이어지네.

좋은 옥에 새겨서
천 년 되도록 길이 전하세.
군자가 돌아옴에
이러한 훌륭한 잔치를 열었구나.

남녀의 사랑 노래에
빙글빙글 매력적인 춤사위.
둥둥 울리는 북소리는
격렬한 거문고 소리에 화답한다.

배 한 척만큼 큰 술잔으로 마시니
고래가 온 강물을 빨아들이는 듯하다.

서로가 예를 갖추어 대접하여
즐겁기만 할 뿐, 잘못됨이 없네.

이번에는 조강, 낙하, 벽란의 신이 꿇어앉아 시를 바쳤다.
첫 번째로 조강 신의 시는 다음과 같다.

푸른 바다로 강물이 끊이지 않고 모여
거친 파도 쉬지 않고 일며 가벼운 배 띄웠네.
구름이 흩어지자 달빛이 물가에 잠기고
밀물 때가 되자 바람이 뭍으로 가득 분다.
날이 따스하여 거북이 물고기가 한가로이 나타나고
물결 맑아 물오리가 마음대로 떴다 앉았다 하네.
해마다 바위에 부딪쳐 많이도 울었는데
이 밤의 즐거움으로 온갖 근심 씻어 낸다.

그다음으로 낙하 신의 시는 다음과 같다.

오색 꽃나무 그림자는 돗자리를 그늘지게 하고
음식 그릇과 악기들이 차례로 펼쳐진다.
운모로 꾸민 아름다운 휘장 안에는 노랫소리 감돌고

수정으로 만든 주렴 속에서는 춤사위 이어진다.

용왕이 어찌 못 속에만 계시겠냐마는

글하는 선비가 와서 이 자리의 보배가 되었네.

어찌하면 긴 줄로 흰 태양을 잡아매어

흠뻑 취한 이 따뜻한 봄날을 멈추게 할 수 있을까?

마지막으로 벽란 신의 시는 다음과 같다.

용왕은 술에 몹시 취해 금빛 의자에 기대어 있는데

이미 저녁이 되어 산속 안개가 자욱하다.

너풀너풀 오묘한 춤사위는 비단 소매 휘돌고

가늘고 섬세한 맑은 노래는 대들보를 휘감는다.

홀로 세상에 분개하며 파도를 뒤집은 지 몇 해던가?

오늘만은 함께 즐기며 옥 술잔 높이 드세.

세월이 다 흘러가면 알 사람도 없을 텐데

예나 지금이나 세상사는 바쁘게만 돌아간다.

용왕이 미소를 지으며 시를 읽었다. 용왕은 곧 신하를 시켜 한 생에게 시를 전하였다. 한생은 꿇어앉아 3번 반복해 읽고는, 앞으로 나아가 오늘의 장하고 아름다운 일을 긴 시로 지어 읊었다.

천마산은 은하수에 닿을 만큼 높이 솟아 있어

바위에서 흐른 물이 멀리 허공에 날린다.

곧바로 떨어지면 산속 그윽한 골짜기를 뚫고

세차게 흐르면 거대한 물을 만든다.

물결 가운데 달이 나오는 굴이 잠겨 있고,

깊은 못 바닥에는 용궁이 감추어져 있다.

변화는 신이한 자취를 남기니

하늘로 뛰어올라 큰 공을 세웠도다.

습하고 더울 때는 자욱하게 엷은 안개 피게 하고

화창할 때는 상서로운 바람 일으킨다.

하늘에서 받은 벼슬이 귀중하여

이 땅의 모든 작위 중 가장 높네.

구름을 타고 올라가 옥황상제께 인사드리고

푸른 말을 몰며 비를 뿌린다.

용궁에서 좋은 잔치를 열어

옥으로 된 섬돌에서 아름다운 곡을 연주하네.

흐르는 노을은 찻잔에 떠 있고

맑은 이슬은 붉은 연꽃에 아롱진다.

서로 예를 갖추는 모습이 엄중하고

손님을 대접하는 예법 또한 가득하다.

옷과 관은 무늬가 찬란하고

허리에 찬 옥패는 서로 부딪쳐 소리가 영롱하다.

물고기와 거북이가 와서 인사하고

강과 하천의 신들도 같이 모였네.

영험한 신비의 조화는 얼마나 황홀한가?

심오한 덕은 연못만큼이나 더욱 깊구나.

동산에서는 꽃 피기를 재촉하는 북이 울리고

술통에는 술을 마시라는 무지개가 드리운다.

하늘의 선녀가 옥피리를 불고

신선 서왕모는 거문고 줄을 고른다.

백 번 절하며 술을 올리고

세 번 만세 불러 산처럼 높은 덕을 기리네.

서리같이 하얀 과일은 연기에 잠겼고

수정 같은 채소는 소반이 덮고 있네.

맛있는 음식을 실컷 먹으니

용왕의 은혜가 뼛속까지 미치네.

신선이 마시는 깊은 밤중의 맑은 이슬을 먹은 듯하고

신선이 사는 봉래산과 영주산에 이른 듯하네.

하나 잔치가 끝나면 응당 이별이 있는 법,

풍류라는 것은 그저 한바탕 꿈속인걸.

자리에 있던 모든 사람들이 한생의 시에 감탄했다.

용왕이 감사의 인사를 했다.

"이 시를 돌과 쇠붙이에 새겨 누추한 이곳의 보배로 삼겠습니다."

한생 또한 감사 인사를 하며 물었다.

"용궁의 좋은 잔치를 모두 보았습니다. 이제 드넓은 궁궐과 장대한 강토를 두루 살펴볼 수 있겠습니까?"

"좋습니다."

한생은 곧바로 문밖으로 나가서 주변을 찬찬히 둘러보았다. 그러나 비단처럼 아름다운 구름이 둘러싸고 있는 모습만 보이고, 방향조차 분간할 수 없었다. 용왕이 이 모습을 보고 구름을 다스리는 신하를 시켜 구름을 없애게 하였다. 신하가 뜰에서 입을 오므렸다가 한 번 불었다. 그러자 하늘이 맑아지고, 수십 리에 걸쳐 바둑판처럼 평평하고 넓게 펼쳐진 세상이 나타났다. 옥으로 만든 것 같은 꽃과 나무가 가득했고, 바닥에는 금모래가 깔려 있으며 금빛 벽이 둘러져 있었다. 집을 따라서 정원으로 이어지는 돌계단은 모두 푸른 유리벽돌로 깔려 있어서 광채가 아롱졌다. 용왕이 신하 둘을 시켜서 한생을 안내하도록 했다.

한생은 조원루(朝元樓)라는 이름의 한 누각에 이르렀다. 이 누각은 모두 유리로 만들어져 있었고, 구슬과 옥으로 장식되어 있었으며, 금빛과 푸른빛이 섞여 아름답게 빛났다. 유리로 된 투명한 누각을 오르니 마치 하늘로 가는 것 같았다. 한생이 10층 높이인 누각을 끝까지 오르려고 하자, 안내하던 신하가 말했다.

"용왕께서는 신령한 힘을 써서 올라가십니다. 저희들도 이곳을 다 보지는 못하였습니다."

맨 꼭대기 층은 높은 하늘과 닿아 있어서, 속세의 보통 사람은 갈 수 없는 곳 같았다. 한생은 7층까지 올라갔다가 내려왔다.

곧 한생은 능허각(凌虛閣)이라고 이름 붙인 누각에 이르러서 물었다.

"이 누각은 무엇을 하는 곳이지요?"

"용왕께서 하늘에 인사를 드리러 갈 때, 의식에 맞는 물건을 갖추고 의관을 정돈하는 곳입니다."

"그 물건을 보고 싶습니다."

신하가 한생을 어디론가 이끌고 갔다. 그곳에 둥근 거울 같은 것이 있었는데, 눈이 부셔 자세히 볼 수 없을 정도로 번쩍번쩍 빛이 났다.

한생이 물었다.

"이게 무엇입니까?"

"번개를 관리하는 여신의 거울입니다."

옆에는 거울과 비슷한 크기의 북이 있었다. 한생이 북을 쳐 보려고 하자, 신하가 말렸다.

"안 됩니다. 이것은 우레를 관장하는 신의 북입니다. 이것을 한 번 치면 만물이 진동하게 되지요."

이번에는 한생이 풀무같이 생긴 물건을 흔들려고 했더니, 신하가 또다시 말렸다.

"흔드시면 안 됩니다. 이것은 바람을 일으키는 풀무입니다. 이 걸 한번 흔들면 산과 바위가 모두 무너지고, 큰 나무들도 뽑힐 것입니다."

먼지떨이 같은 물건들도 있었는데, 그 옆에 물동이가 놓여 있었다. 한생이 물을 묻혀 뿌려 보려고 하자, 이번에도 신하가 말렸다.

"이러시면 안 됩니다. 물을 한번 뿌리면 크게 홍수가 나서 산과 언덕을 둘러쌀 것입니다."

"아, 그렇습니까? 그런데 어찌하여 구름을 불어 만드는 기계는 두지 않았습니까?"

"구름은 용왕의 신통한 힘으로 하는 것이지, 기구로 만들 수 있는 것이 아닙니다."

"번개 여신, 우레의 신, 바람의 신, 비의 신은 어디에 있습니까?"

"옥황상제께서 깊은 곳에 가두어 두셨습니다. 용왕께서 나오시면 모두 한자리에 모이지요."

대화를 마치고 한생은 벽이 몇 리나 되는 집을 돌아보았다. 이곳의 문이며 창문은 모두 용을 새긴 금빛 자물쇠로 채워져 있었다.
한생이 물었다.

"여기는 무엇을 하는 곳입니까?"

"이곳은 용왕의 칠보*가 보관되어 있는 곳입니다."

한생이 한참 동안을 이곳저곳 돌아보다가 말하였다.

"이제 그만 돌아가고 싶습니다."

"알겠습니다."

그러나 문들이 겹겹이어서 대체 어떤 문으로 나가야 할지 알 수
가 없었다. 한생은 신하에게 앞서 인도해 달라고 부탁하였다.

그제야 한생은 본래의 자리로 돌아올 수 있었다. 한생이 용왕에
게 감사를 표했다.

"두터운 은혜를 입어 아름다운 경치를 두루 구경하였습니다."

한생은 용왕에게 2번 절하며 이별의 인사를 전했다. 용왕은 한
생에게 산호로 만든 쟁반, 명주 2개, 희고 고운 비단 2필을 노자*
로 주고, 별문 밖까지 나와 배웅해 주었다. 조강 신, 낙하 신, 벽란
신도 한생에게 인사하였다. 용왕은 신하 둘에게 산을 뚫고 물을 헤
쳐 나갈 수 있는 뿔을 주고, 한생을 안내하라고 시켰다. 그중 한 신

* **칠보** 일곱 가지 보배.
* **노자** 먼 길 떠나 오가는 데 드는 비용.

하가 한생에게 말하였다.

"제 등에 업혀 잠시 눈을 감고 계십시오."

한생이 그 말을 따랐다. 또 다른 신하가 뿔을 휘두르며 앞장서 인도하자, 마치 하늘로 오르는 것 같았는데, 오직 얼마 동안은 끊임없이 물소리 바람 소리만 들렸다.

소리가 그쳐 눈을 떠 보니, 한생은 방 안에 누워 있었다. 문을 열고 밖으로 나가 보니, 큰 별들은 사라져 드물어지고, 동녘이 밝아 왔다. 닭이 세 번 울고, 시간은 오경*이었다.

한생은 급히 품속을 뒤져 보았다. 과연 명주와 비단이 있었다. 한생은 그것을 상자에 감추어 보물로 삼고는 아무에게도 보여 주려고 하지 않았다.

그 후, 한생은 이로움과 명예를 마음에 두지 않고 산속으로 들어갔는데, 어떻게 세상을 떠났는지는 알 수 없다.

* **오경** 하룻밤을 다섯 부분으로 나눈 것 중에 맨 마지막 부분. 새벽 세 시에서 다섯 시 사이이다.

금오신화

물음표로
따라가는
인문학 교실

고전으로 인문학 하기

고전을 읽으며 생겨나는 여러 질문에 답하며,
배경지식을 얻고 인문학적 감수성을 키워요.

고전으로 토론하기

고전을 다양한 시각으로 바라보며,
다르게 생각하는 힘을 길러요.

고전과 함께 읽기

함께 소개하는 다양한 작품을 통해,
인문학적 사고의 폭을 넓혀요.

고전으로 인문학 하기

● 왜 《금오신화》를 '최초'의 소설이라고 할까?

'최초'가 갖는 의미는 매우 커요. 최초가 있어야 그 이후의 발전이 있을 테니까요. 그런 의미에서 많은 학자들에게 우리나라 최초의 소설로 인정받는 《금오신화》는 주목할 만합니다.

여기서 '소설(小說)'이 무엇일까요? 소설은 서사 문학에 속해요. 서사란 간단히 말해 '어떤 배경을 바탕으로 시간의 흐름 속에 일어나는 사건을 서술하는 것'을 말하지요.

그런데 신화, 전설, 민담 같은 '설화(說話)'도 이러한 정의에서 크게 벗어나지 않는 듯 보입니다. 하지만 그렇다고 설화를 소설이라고 하지는 않지요. 소설과 설화는 무엇이 다를까요? 이 차이점을 알아야 최초의 소설이 갖는 의미에 대해 제대로 이해할 수 있을 거예요.

자, 최초의 소설이라는 《금오신화》의 〈만복사저포기〉와 설화에 속하는 '장자못 전설'을 비교해 볼게요. 장자못 전설의 줄거리는 다음과 같습니다.

옛날 옛적 한 마을에 장자라는 인색한 부자가 살고 있었다. 하루는 부자의 집에 스님이 시주를 받으러 왔는데, 탐욕스러운 장자는 쇠똥을 주며 내쫓았다. 며느리가 이를 보고 얼른 스님에게 사죄하고 쌀을 시주했다. 스님은 며느리에게 이 집에서 도망쳐 높은 곳으로 올라가되, 무슨 일이 있어도 뒤를 돌아보지 말라고 귀띔했다.

화들짝 놀란 며느리는 집을 떠나 산으로 올라갔다. 비가 내리고 천둥 벼락이 쳤다. 며느리는 그만 깜짝 놀라 뒤를 돌아보고 말았다. 그랬더니 집터가 물에 잠겨 연못이 되고 있었다. 뒤를 돌아본 며느리는 그 자리에서 돌이 되었다. 지금도 연못과 돌이 남아 있다.

소설은 시간적·공간적 배경을 상당히 구체적으로 드러냅니다. 〈만복사저포기〉는 어느 봄날이라는 시간적 배경을 명확히 짚어 줘요. 이 봄날은 다시 3월 24일이라는 구체적인 숫자로 제시되지요. 공간적 배경 또한 '만복사'로 되어 있고요. 이에 비해 설화인 장자못 전설은 구체성이 떨어져 보입니다. 사건이 일어난 시간과 장소를 막연하게 이야기하고 있어요. 옛날 한 마을에서 벌어진 일이라고 하지만, 그 옛날이 언제인지 또 그 마을이 어디인지는 아무도 알 수 없습니다.

소설은 등장인물에 대해서도 많은 것들을 알려 줍니다. 〈만복사저포기〉의 양생을 떠올려 볼까요? 우리는 그에 대해 여러 가지를 알고 있습니다. 양생은 부모님을 일찍 잃었으며 얼른 짝을 찾고 싶어 해요. 양생이 쓴 시를 보면 그의 깊은 외로움이 느껴지지요. 그렇기 때문에 양생이 부처님 앞에서 저포 내기를 걸었던 것도, 여인을 보고 반가운 마음에 뛰쳐나간 것도 모두 이해할 수 있지요. 하지만 설화는 인물의 특징에 대해서 그렇게 자세히 말해 주지 않아요. 장자못 전설에서 장자에 대해 알 수 있는 것은 인색하다는 것뿐입니다. 장자가 평소 어떤 생각을 갖고 있었고, 왜 그가 그런 행동을 했는지에 대해서는 전혀 알 수 없지요.

또한 소설의 큰 특징 중 하나는 허구로 꾸민 이야기라는 데 있습니다. 〈만복사저포기〉에서 양생의 이야기는 진짜로 있었던 사랑 이야기를 적은 게 아닙니다. 작가인 김시습이 상상하여 꾸며 낸 것이지요. 만복사가 실제로 있는 절이라고 해도 공간적 배경으로 쓰일 뿐이지 정말 양생이 존재했음을 나타내는 증거로 제시되지는 않아요. 그러나 장자못 전설에서는 마지막에 '지금도 연

못과 돌이 존재한다'는 말로 전설이 진짜 있었던 일임을 강조합니다. 연못과 돌이 증거물이라는 것이지요. 이는 허구의 이야기를 통해 현실에 대해 이야기하는 소설과는 조금 거리가 있습니다. 이제 이해가 가나요?

이외에도 소설과 설화를 판가름할 수 있는 기준은 여러 가지입니다. 작가가 얼마나 문장력을 발휘해 글을 썼는지, 주인공이 그를 둘러싼 세계와 어떻게 대립하는지, 또한 사건들이 얼만큼 긴밀하게 연결되어 있는지 등이 기준이 될 수 있지요. 다만 여기에서 모두 설명하기에는 너무 어렵고 복잡해요. 《금오신화》는 설화와는 다른 서사 문학이며, 오늘날 우리나라 최초의 소설로 인정받고 있다는 사실만 알아 두어도 성공이랍니다.

그런데 이렇듯 중요한 의미를 지닌 소설의 원본이 안타깝게도 지금 우리나라에 없습니다. 그럼 어떻게 우리가 《금오신화》를 읽을 수 있냐고요? 원래 《금오신화》는 문헌들에 실린 짧은 자료로만 만날 수 있었어요. 그러다가 작가 최남선(1890~1957년)이 일본에서 간행된 목판본 《금오신화》(1884년본)를 발견하여, 1927년에 국내 잡지인 《계명》 19호에 소개했지요. 시간이 흘러 1999년에는 조선 명종 때의 문인 윤춘년(1514~1567년)이 편집한 《금오신화》가 중국의 대련 도서관에서 발견되었습니다. 이는 현존하는 가장 오래된 《금오신화》라는 점에서 의미가 있답니다.

● 왜 《금오신화》를 썼을까?

아까 《금오신화》가 최초의 소설이라고 했지요. 그런데 가만히 들여다보니 여기 '신화'라는 말이 붙었네요. 신화는 '설화'에 속한다고 미리 말했으니 어리둥절할 수도 있겠어요.

하지만 헷갈리지 말아야 해요! 《금오신화》는 한자로 '金鰲新話'랍니다. 신화(新話), 즉 새로운 이야기라는 것이지요. '금오신화'는 '금오산(지금의 경주 남산)에서 쓴 새로운 이야기'라는 뜻이에요. 이와는 달리 신들의 이야기를 담은 '신화'는 '神話'랍니다.

그런데 왜 김시습은 경주 남산에서 《금오신화》를 쓴 걸까요? 이를 짐작해 보기 위해서는 먼저 김시습의 삶에 대한 이해가 필요합니다.

김시습은 조선의 제4대 임금이자 성군으로 불리는 세종 17년(1435년)에 태어나 9대 임금인 성종 24년(1493년)까지 살았어요. 그 사이에 5대 문종, 6대 단종, 7대 세조, 8대 예종이 있지요. 단종과 세조에 얽힌 역사적인 이야기는 너무나 유명해서, 여러분도 들어 보았을 거예요. 김시습의 삶도 이와 밀접한 관련이 있답니다. 지금부터 그의 생애를 살펴봐요.

김시습은 어렸을 때부터 글재주가 뛰어났어요. 5살 때 세종을 만났는데, 이때 〈삼각산(三角山)〉이라는 시를 지어서 모두를 놀라게 했지요.

삼각산 높은 봉우리가 하늘을 꿰뚫고 있으니

올라가면 북두성과 견우성을 딸 수 있겠구나.

저 산꼭대기가 한갓 구름과 비만 일으키지는 않으리니

만만세세 이 나라를 평안케 할 수 있으리라.

　나라의 안녕과 질서를 바라는 글을 멋들어지게 표현한 시입니다. 5살 어린이가 이런 시를 쓰다니 정말 놀랍지요? 세종도 감탄했을 겁니다. 그 뒤로도 김시습은 열심히 학문을 갈고닦았어요. 그 사이 세종의 큰아들인 문종이 세상을 떠나고, 이어서 문종의 큰아들인 단종이 왕위에 올랐지요. 여기까지는 아무런 문제가 없었습니다. 단종이 계속해서 왕위를 지켰다면 김시습도 능력을 펼치면서 잘 살았을 것입니다.

　그런데 수양 대군의 야심이 문제가 되었습니다. 수양 대군은 문종의 동생, 그러니까 단종의 작은아버지예요. 수양 대군은 어린 조카 대신 자신이 임금이 되기로 마음먹고, 1453년에 계유정난(癸酉靖難)을 일으켜 단종을 따르는 신하들을 제거하고 정권을 잡았지요. 그리고 몇 년 뒤 기어이 왕위에 올랐는데, 수양 대군이 바로 세조랍니다. 그러다 얼마 뒤 끝내 단종에게 사약을 내리기까지 했습니다.

21살의 김시습은 삼각산에 있는 한 절에서 열심히 공부하고 있었습니다. 그러다 수양 대군이 임금이 되었다는 소식을 듣고는, 3일간 통곡을 하고 그 자리에서 책을 불살라 버리고 피눈물을 흘렸다고 합니다. 그러고는 머리를 깎고 스님이 되어 전국을 떠돌아다니다가, 30살이 넘어서 금오산, 즉 경주 남산에 숨어 살며 5년을 지냅니다. 《금오신화》는 이때 지어진 것으로 추측됩니다. 1465년부터 1470년 사이지요.

　　수양 대군이 단종을 몰아냈을 때, 죽음으로 저항한 6명의 신하가 있었습니다. 이들을 사육신(死六臣)이라고 합니다. 이개, 하위지, 유성원, 성삼문, 유응부, 박팽년이지요. 또한 살아서 충절을 지킨 6명의 신하도 있었습니다. 이맹전, 조여, 원호, 김시습, 성담수, 남효온 또는 권절을 이릅니다. 그렇습니다. 이들을 생육신(生六臣)이라고 하는데, 김시습이 바로 생육신 중 한 명이랍니다.

　　김시습이 지은 다음의 시는 예사롭지 않습니다.

십년남북거 (十年南北去)
기로정소혼 (岐路正銷魂)

십 년 동안 이리저리 다녔으면서도
갈림길만 만나면 애를 태운다.

〈가현(假峴)〉이라는 시의 일부입니다. 갈림길 한쪽은 수양 대군, 즉 세조를 따르는 벼슬의 길입니다. 다른 한쪽은 단종을 향해 걷는 충절의 길이지요. 만약 김시습이 벼슬에 대한 꿈이 없다면 애를 태울 일이 없겠지요? 하지만 조정에 나아가 뜻을 펼치는 것은 모든 조선 선비들의 꿈입니다. 조정에서는 계속 김시습을 불렀고요. 그러니 김시습인들 흔들리지 않았겠어요?

그렇게 고민하던 김시습은 결국 충절의 길을 택했습니다. 《금오신화》 곳곳에 그러한 결심이 드러나 있답니다.

　박생이 고려의 건국을 말하는 대목에 이르자, 염라 대왕은 여러 번 탄식하였다.

　"나라를 다스리는 자가 백성을 폭력으로 다스리고 옭아매서는 안 됩니다. 백성들이 겉으로는 두려워하며 따르는 것 같지만, 안으로는 언제든 반역할 마음을 갖게 됩니다. 그러한 마음이 날로 달로 쌓이면, 단단한 얼음과 같은 재앙이 일어날 것입니다.

　덕이 있는 사람이라면 힘으로 왕위에 올라서는 안 됩니다."

• 122쪽 〈남염부주지〉 중에서

　덕이 있는 사람은 힘으로 왕위에 올라서는 안 된다는 말에 뼈가 있지요? 김시습은 자신의 결심을 꺾지 않고, 벼슬길을 멀리한 채 여기저기 떠돌다가 세상을 떠났습니다.

●《금오신화》와 닮은 소설이 있다고?

《전등신화》는 중국 명나라 문인 구우(1347~1433년)가 1378년에 지은 소설집이에요. 한자로는 '剪燈新話'인데요, '新話'라는 글자가 눈에 들어옵니다. 《금오신화》의 '신화'와 한자가 같지요. 물론 이것만으로 둘 사이의 연관성을 확신할 수는 없지요. 그런데 마침 김시습이 《전등신화》를 읽고 남긴 시가 있답니다.

산양군자 구우가 베틀을 놀리듯
손수 전등신화 기이한 글을 지었네.

······중간 생략······

처음에는 황당한 듯했는데 갈수록 흥미로워
점점 멋진 경지가 마치 사탕수수를 씹는 듯 달콤하다.

······중간 생략······

눈으로 한 편만 읽어도 이를 내놓고 웃을 수 있으니
내 평생 답답히 뭉친 가슴을 시원하게 씻어 낸다.

김시습은 구우를 가리켜 '산양군자'라고 이야기했어요. '군자'는 행실이 점잖고 덕과 학식이 높은 이를 높여 불렀던 말이에요. 구우가 산양이라는 곳에 살았기에 '산양군자'라 부른 것이지요. 김시습은 구우에게 군자라는 칭호를 붙일 만큼 그를 높이 평가했던 거예요. 위의 시를 보면 김시습이 얼마나 《전등신화》를 좋아했는지 알 수 있어요.

사실 《금오신화》가 《전등신화》의 영향 속에 있었다는 지적은 조선 시대부터 있어 왔습니다. 조선 전기의 문신 김안로(1481~1537년)는 한 책에서 이렇게 이야기했어요.

"김시습이 금오산에 들어가 책을 저술하고, 돌로 만든 방에 감추고는 '후세에 반드시 나를 알아주는 사람이 있을 것이다.'라고 하였다. 그 책은 이야기 속에 의미를 담고 있는데, 《전등신화》 등을 모방하였다."

실제로 오늘날 고전 소설을 연구하는 수많은 학자들은 《금오신화》와 《전등신화》 사이에 일정한 관계가 있다고 보고 있습니다. 김시습이 《전등신화》의 영향을 받아 《금오신화》를 썼음을 인정하는 것이지요.

그럼 이제 《전등신화》에 대해 좀 더 자세하게 살펴볼까요? 제목의 뜻은 '타 버린 등불 심지를 잘라 내 가며 읽는 새로운 이야기'라는 뜻이에요. 타 버린 등불 심지를 잘라 내면 새 심지에 불이 붙어요. 그러면 주변이 다시 책을 읽을 수 있을 정도로 환해지겠지요. 《전등신화》는 어두운 밤에도 불을 밝혀서 계속 읽고 싶을 만큼 재미있는 책이라는 뜻 아닐까요?

《전등신화》의 작가 구우는 중국 절강성의 산양 출신 학자입니다. 글재주가 뛰어나 많은 책을 남겼다고는 하나, 오늘날에는 거의 전해지지 않고 있습니다. 《전등신화》도 원래 40권이었으나, 현재는 4권 총 21편의 이야기만 남아 있지요. 이들 작품은 모두 남녀 간의 사랑을 주제로 하거나, 귀신 또는 다른 세계와의 접촉을 그리고 있어요. 물론 시도 많이 들어가 있고요.

《전등신화》에는 《금오신화》에 들어 있는 5편과 비교해 볼 만한 작품들이 많이 실려 있답니다. 〈만복사저포기〉는 〈등목취유취경원기(滕穆醉遊聚景園記, 등목이 취하여 취경원에서 노닌 이야기)〉와, 〈이생규장전〉은 〈취취전(翠翠傳, 취취라는 여인에 관한 이야기)〉과 비교하여 읽을 만합니다.

〈취유부벽정기〉와 〈감호야범기(鑑湖夜泛記, 감호에서 밤에 배 타며 노 닌 이야기)〉, 〈남염부주지〉와 〈영호생명몽록(令狐生冥夢錄, 영호생이 꿈 속에서 저승을 다녀온 이야기)〉도 비교해서 읽을 만하지요. 〈용궁부연 록〉은 〈수궁경회록(水宮慶會錄, 용궁의 경사스런 잔치에 참석한 이야기)〉과 비교해서 읽을 만하고요.

이쯤에서 의문이 생길 거예요. 그러니까 김시습이 《전등신화》 를 보고 베껴서 《금오신화》를 쓴 거냐고요? 오늘날 학자들은 그렇 게 생각하지 않아요. 김시습은 모방을 넘어서 《금오신화》 속에 자 신의 고유한 삶과 사상을 불어넣었어요. 그 결과 《금오신화》는 개 성이 살아 있는 창작품으로 남을 수 있었답니다.

금오신화	전등신화
만복사저포기	등목취유취경원기
이생규장전	취취전
취유부벽정기	감호야범기
남염부주지	영호생명몽록
용궁부연록	수궁경회록

고전으로 토론하기

● 왜 양반이 판타지를 썼을까?

생 각 주 제 열 기

《금오신화》에는 유독 귀신 이야기가 많이 등장해요. 〈만복사저포기〉와 〈이생규장전〉의 주인공들이 모두 귀신과 사랑에 빠지지요. 그런가 하면 〈취유부벽정기〉의 홍생은 선녀를 만나고, 〈남염부주지〉와 〈용궁부연록〉의 박생과 한생은 각각 염라국과 용궁이라는 다른 세계로 가게 돼요. 이러한 줄거리는 지금으로 치면 '판타지 소설'과 매우 비슷합니다.

아니, 양반이 판타지 소설을 썼다고요? 김시습은 왜 판타지 소설을 썼을까요? 지금부터 선생님과 학생들의 토론을 통해 《금오신화》의 의미를 짚어 보도록 해요.

나 선 생　여러분, 《금오신화》 다 읽어 왔지요?

지 연 , 우 주　네!

지 연　〈만복사저포기〉와 〈이생규장전〉은 사랑 이야기라 그런지 재미있더라고요.

우 주　나도 〈만복사저포기〉에 정말 공감이 갔어. 휴, 요즘 양생처럼 좀 외롭거든!

지 연　뭐라 할 말이 없다. 힘을 내렴.

나 선 생　하하. 소설을 어떻게 읽느냐에 따라 감상 또한 다르겠지만 작가가 김시습이라는 점을 생각하고 보면 색다른 관점이 나올 듯한데…….

우 주 선생님, 어려워요!

나선생 음, 그럼 여러분이 재미있다고 느낄 만한 귀신 이야기부터 해 봅시다. 〈만복사저포기〉와 〈이생규장전〉에는 다 귀신이 나오지요.

지 연 〈취유부벽정기〉에도 나와요!

우 주 〈취유부벽정기〉의 여인은 귀신이 아니라 선녀야.

지 연 선녀나 귀신이나 다 이 세상 사람은 아니잖아.

우 주 그렇지 않아. 선녀는 하늘 나라로 올라가 직책을 받았지만, 귀신은 이승을 떠나지 못하고 떠도는 존재야. 둘은 당연히 다르지.

나선생 좋아요. 그렇다면 이제 〈만복사저포기〉와 〈이생규장전〉의 귀신을 두고 이야기를 나눠 보도록 해요. 여러분은 귀신을 사랑할 수 있나요?

지 연 시, 싫어요! 무서워요!

우 주 그래도 예쁘다면 무서워도 참을 수 있을 것 같아요.

나 선 생 우주는 양생이나 이생의 생각과 비슷하군요.

지 연 정말 대단해요. 어떻게 귀신을 사랑할까요?

우 주 〈만복사저포기〉의 양생은 부처님에게 여자 친구를 달라고 했을 뿐인데, 귀신과 짝을 지어 주신 거야! 그러다 자연스럽게 귀신과 사랑에 빠지게 된 것이지, 뭐.

지 연 하긴, 그렇지. 그런가 하면 〈이생규장전〉의 이생은 처음부터 최 낭자가 귀신이라는 걸 알았지만, 살아생전 너무 사랑했기에 모른 척했지.

나 선 생 여기서 잠시 김시습 이야기를 꺼내도 될까요? 처음에 이야기했던 것처럼, 저는 작가의 삶과 《금오신화》를 연결 지어 보고 싶어요. 그럼 김시습이 왜 자꾸 귀신 이야기를 했는지도 알 수 있을 거예요.

지 연 김시습이 생육신 중 한 사람이라는 것은 알아요.

우 주 생육신은 단종을 지키려고 했던 신하들 중에서, 벼슬을 버리고 살아서 절개를 지킨 여섯 사람을 말하잖아요.

지 연 생육신과 《금오신화》는 어떤 관계가 있나요?

나 선 생 생각해 봐요. 《금오신화》는 김시습이 수양 대군, 그러니까 세조에 저항하며 벼슬을 버리고 금오산을 떠돌 때 쓴 소설이에요.

이 글을 쓸 때 김시습의 심정이 어땠을까요?

우 주 당연히 너무 슬펐겠지요. 단종을 지키지 못했으니 하늘이 무너지는 것 같았을 거예요.

나 선 생 그러니 자연스레 《금오신화》에도 그때의 안타까움이 녹아 있겠지요. 저는 〈만복사저포기〉의 양생, 〈이생규장전〉의 이생에 김시습을 대입해 보았어요.

우 주 양생과 이생의 사랑은 슬프고 애절해요. 물론 사랑하는 대상은 귀신이었지만요.

지 연 그럼 귀신은 단종과 비교할 수 있겠다!

우 주 양생과 이생은 김시습이고, 여인 그러니까 귀신은 단종이란 말이지?

지 연 응! 김시습은 끝까지 단종을 왕으로 모시고 싶었지만 그럴 수 없었어. 〈만복사저포기〉의 양생, 〈이생규장전〉의 이생도 영원히 여인과 함께하고 싶었지만 결국 떠나보냈지. 그건 여인이 이 세상 사람이 아니었기 때문이야. 단종이 더 이상 왕이 아닌 것처럼 말이야.

나 선 생 맞아요. 단종을 지키지 못한 안타까운 마음이 《금오신화》에 드러나 있는 것이지요. 와, 여러분은 하나를 알려 주면 열을 아는군요!

우 주 헤헤!

〈취유부벽정기〉

나선생 이번에는 〈만복사저포기〉, 〈이생규장전〉 다음에 실린 〈취유부벽정기〉를 살펴봐요.

지연 여기에 선녀가 나오지요.

우주 안타깝게도 〈취유부벽정기〉에는 사랑 이야기가 없어요. 홍생이 선녀를 만나서 이야기와 시를 주고받다가 헤어지는 게 내용의 전부지요.

지연 풋, 연애 이야기가 없는 게 그렇게 아쉽니?

우주 당연하지. 왜 김시습은 선녀와의 사랑 이야기는 쓰지 않았는지 모르겠다니까?

지연 선생님, 혹시 〈취유부벽정기〉도 김시습의 삶과 엮어서 생각할 수 있을까요?

나선생 음, 〈취유부벽정기〉에서 홍생과 선녀가 나눈 대화를 살펴볼까요? 선녀는 자신이 은나라 임금의 후예이고, 기자의 딸이라고 말했어요. 그런데 위만이라는 자가 임금의 자리를 빼앗았다고 했지요.

우주 느낌이 와요! 선녀의 이 이야기는 수양 대군이 단종의 왕위를 빼앗았던 사건을 떠올리게 하네요!

지연 정말 그렇네요!

나 선 생 위만이 왕위를 빼앗았을 때 기자의 딸인 선녀는 정절을 지키려 했어요. 김시습 역시 끝까지 단종에게 충절을 지켰고요.

우 주 모든 게 다 단종 이야기와 연결이 되네요!

지 연 그리고 보니 굳이 김시습이 선녀와의 사랑을 그리지 않은 이유를 알 것 같아요.

우 주 뭔데?

지 연 음, 사랑을 하게 되면 아무래도 감정적이 되잖아. 〈만복사저포기〉와 〈이생규장전〉에서 김시습은 단종을 향한 간절한 마음을 슬픈 사랑 이야기에 빗대어 표현했어. 반면 〈취유부벽정기〉에서는 사랑 이야기를 빼고, 더욱 객관적인 시선에서 현실을 바라보고자 했던 것이지.

나 선 생 객관적인 시선에서 수양 대군의 왕위 찬탈에 대한 김시습의 생각을 정리했다는 말이군요.

우 주 오오, 역시 달라!

(STEP 3) **〈남염부주지〉, 〈용궁부연록〉**

지 연 선생님! 그런데 〈남염부주지〉는 조금 딱딱하고 어려워요.

우 주 조금? 나는 많이 어려웠어.

나 선 생 하하, 맞아요. 〈남염부주지〉는 《금오신화》 작품들 중 유일

하게 시 없이 대화와 토론만으로 이루어졌지요. 이 소설을 읽을 때 단어 하나하나를 이해하려고 하지 말고, 대화를 통해 전체 주제를 파악하는 게 좋아요.

지 연 명심할게요!

나 선 생 먼저 소설을 살펴봐요. 〈남염부주지〉는 박생이 염라국에 갔다가, 아예 그곳의 왕이 된 이야기를 담고 있지요.

지 연 박생이 간 곳은 정말 무시무시했어요. 낮에는 뜨겁고 밤에는 추운 데다가 못된 사람들이 살았지요!

나 선 생 그럼 〈용궁부연록〉에서 한생이 갔던 용궁은요?

우 주 환상적이었어요. 저라면 용궁에 눌러앉았을 거예요.

지 연 그런데 박생은 무시무시한 염라국에 머무르기로 했고, 한생은 그 좋은 용궁을 떠나기로 했지요.

우 주 정말 이해가 안 가더라고요.

나 선 생 차근차근 작품을 살펴봐요. 〈남염부주지〉는 박생이 염라국에 가서, 염라대왕과 토론을 나누고 인정받는다는 내용을 담고 있어요. 〈용궁부연록〉은 한생이 용궁에 가서, 공주의 신혼집에 상량문을 써 주고 용왕의 인정을 받고 온다는 줄거리고요.

지 연 와, 둘이 비슷한데요?

나 선 생 하지만 다른 점이 있기에 다른 결말이 나왔겠지요. 먼저 〈남염부주지〉를 봐요. 평소 염라대왕은 군자를 만나고 싶었던 것이지, 굳이 박생을 만나려던 건 아니에요. 그런데 토론을 마치고 나서 염라대왕은 박생에게 최고의 찬사를 보냅니다.

우 주 박생이 워낙 뛰어나니 군자들 가운데서도 으뜸이라고 생각했겠지요.

나 선 생 그렇지요. 박생 역시 염라대왕과 대화하며 명쾌한 답을 얻었어요. 자신과 뜻이 통하는 왕을 만난 겁니다.

지 연 대화가 통하고 나를 인정해 주는 왕이라니! 그런 왕이 있는 곳이면 염라국이라도 살고 싶을 것 같아요.

우 주 하지만 〈용궁부연록〉에서 한생은 용왕의 초대를 받아서 온 데다가, 상량문을 잘 써서 인정을 받았어요. 그렇게 따지면 한생도 용궁을 떠날 이유가 없다고요.

나 선 생 힌트를 하나 줄게요. 중국에 〈용궁부연록〉과 비슷한 줄거리의 〈수궁경회록〉이라는 소설이 있어요. 여기 나오는 주인공은 용궁에 가서 왕의 궁궐에 상량문을 쓴답니다. 반면 〈용궁부연록〉의 주인공은……

지 연 아! 알겠어요! 〈용궁부연록〉의 용왕은 한생을 데려다가 고작 공주의 신혼집에 글을 쓰게 한 거예요. 왕의 집도, 세자의 집도 아닌 공주의 집에 말이에요.

우 주 한생은 용궁에서 자신의 재주가 그다지 중요하지 않은 데 쓰였다고 느꼈을지도 모르겠네요.

나 선 생 사실 김시습도 한생의 처지와 크게 다르지 않았어요. 조
정에서는 계속해서 김시습의 재주를 아까워하며 그를 찾았거든요.
하지만 김시습이 세조의 부름에 따라 조정에 가 봤자 중요한 일은
맡을 수 없을 것이라고 생각한 것은 아닐까요?

지 연 마치 공주가 머물 곳에 상량문을 쓰는 일처럼 말이지요?

나 선 생 네. 〈용궁부연록〉에서 용궁은 언제든지 말을 타고 다시
쉽게 갈 수 있는 곳이었지요. 하지만 그는 용왕이 불러도 다시는
가지 않겠다고 결심하고, 아무도 자신을 찾을 수 없는 곳으로 숨어
버려요. 김시습 또한 다시는 벼슬길에 나아가지 않고 평생을 떠돌
아다녔지요.

지 연 와!《금오신화》를 이렇게 읽을 수 있다니 정말 놀라워요!

우 주 저는 주로 사랑 이야기에 집중했는데⋯⋯. 제 감상이 틀린
건가요?

나 선 생 하하, 소설 감상에 정답이 있는 것은 아니에요. 오늘 저의 이야기도 《금오신화》를 감상하는 하나의 시각일 뿐이에요. 작품을 즐기고 그 안의 의미를 찾는 것은 언제나 독자의 몫이지요.

지 연 저희의 감상도 소중하다는 말이지요?

나 선 생 그럼요.

우 주 《금오신화》 다시 읽어 봐야겠어요. 그리고 저만의 감상을 정리해 볼래요!

고전과 함께 읽기

《금오신화》와 관련해 함께 보면 좋은 소설이나 영화 등을 소개합니다. 다양한 작품을 통해 이해의 폭을 넓히고 재미를 느껴 보길 바랍니다.

고전 〈**하생기우전**(何生奇遇傳)〉 귀신을 만나 행복할 순 없을까?

〈만복사저포기〉에서 양생이 사랑한 여인은 다름 아닌 귀신이었어요! 〈이생규장전〉의 이생 역시 아내가 혼령임을 알면서도 계속해서 사랑하지요.

〈만복사저포기〉나 〈이생규장전〉 말고도 귀신과 인간의 만남을 다룬 소설이 있어요. 조선 전기 문신 신광한(1484~1555년)이 쓴 〈하

생기우전〉이라는 작품이랍니다. '하생의 기이한 만남에 대한 기록'
이라는 뜻이에요.

이 작품의 배경은 고려 시대이고, 주인공은 하생이라는 재주 많
고 잘생긴 청년이에요. 하지만 하생은 신랑감으로 영 인기가 없었
어요. 부모를 일찍 여읜 데다가 가난했기 때문이에요. 하생은 자신
의 처지를 바꾸기 위해 고향을 떠나, 국학에 들어가서 열심히 공부
해요. 하지만 '흙수저' 출신인 그는 번번이 과거에서 떨어지고 우울
한 날을 보내지요.

하생은 답답한 마음에 점을 보러 가요. 그런데 점쟁이가 도성의
남문 밖으로 나가면 좋은 짝을 만날 거라고 말하는 겁니다! 점쟁이
말대로 했더니 이게 웬일, 정말로 아름다운 여인을 만나게 되었어
요. 하생은 여인과 하룻밤을 보내게 되지요. 다음 날 여인은 이렇
게 이야기해요.

"저는 시중 벼슬을 하는 아무개의 딸인데, 제가 죽어서 가족들
이 3일 전에 이곳에 장사를 지내 주었습니다."

여인은 귀신이었던 거예요. 다행히 여인은 옥황상제가 다시 살
아날 수 있는 기회를 주었다고 말했어요. 그러면서 황금으로 된 자
를 건네더니, 이를 도성의 저잣거리로 가져가 달라고 부탁합니다.
하생은 그 말을 그대로 따랐다가 도둑으로 오해를 받아요. 사실 그
물건은 여인의 부모님이 여인의 무덤에 함께 묻어 두었던 것이었

지요.

하생은 여인의 부모님을 만나 지금까지의 일들을 다 털어놓았어요. 여인의 아버지가 하인들을 데리고 무덤을 파 보자, 신기한 일이 일어났어요. 죽은 줄 알았던 여인의 몸에 온기가 돌았고, 마치 살아 있는 사람 같았던 것이지요. 정말로 여인이 살아났음을 알게 된 사람들은 깜짝 놀랐어요.

이제 하생과 여인이 결혼하는 일만 남았다고요? 하지만 하생의 아버지는 하생과 딸을 결혼시킬 생각이 없었어요. 둘의 혼인을 두고 이렇게 이야기했답니다.

"하생의 용모와 재기는 보통 사람이 아니니, 딸을 시집보내는 데 무얼 꺼리겠습니까? 다만 집안이 서로 맞지 않아서, 혼인을 시켰다가는 많은 사람들이 수군거릴 것이오. 그러니 내가 후하게 보상하여 보내리라."

여인을 구해 준 것은 고맙지만, 남편감은 아니라는 말이지요! 하생 덕분에 여인이 살아나게 되었는데 아버지의 말은 냉정하게 들려요. 결국 여인이 단식 투쟁까지 하고 나서야 둘은 무사히 혼인할 수 있게 되었어요. 그다음 해, 든든한 장인어른 덕분인지 하생은 매번 떨어지던 과거 시험에서 장원 급제를 하게 되고, 높은 벼슬을 얻어요. 두 아들을 낳아 잘 기른 것은 물론이고요.

《금오신화》에서 귀신과 인간의 만남은 모두 비극적인 결말을

맺었어요. 이와 비교하면 〈하생기우전〉의 하생은 여인과 결혼을 한 데다가 출세까지 하게 되지요. 〈하생기우전〉은 귀신과의 만남을 다루고 있지만, 〈만복사저포기〉나 〈이생규장전〉과는 달리 '해피엔딩'이라고 할 수 있겠네요!

참고로 〈하생기우전〉은 《기재기이(企齋記異)》라는 문집에 실려 있어요. 여기에는 〈하생기우전〉 외에도 〈안빙몽유록(안빙이 꿈속에서 노닐던 기록)〉, 〈서재야회록(서재에서 밤에 모인 일에 대한 기록)〉, 〈최생우진기(최생이 신선을 만난 기록)〉 등 3편이 더 수록되어 있습니다. 《금오신화》와 《기재기이》를 비교하며 읽어도 좋을 것 같아요.

〈하생기우전〉이 〈만복사저포기〉와 비슷한 점도 많지만, 다른 점도 있어요. 〈하생기우전〉을 귀신과 인간의 사랑 이야기라고 하기에는 무리가 따르지요. 여인의 아버지가 혼인을 반대했을 때 하생은 여인에게 시를 보내는데, 이 시에는 여인에 대한 사랑의 감정은 그다지 드러나 있지 않았어요. 그저 둘 사이의 약속만 강조했지요. 아마도 하생에게는 사랑보다는 혼인으로 인한 출세가 더 절실했는지도 모릅니다.

그렇다면 〈하생기우전〉의 작가 신광한 역시 사랑보다는 입신양명을 더욱 중요하게 생각했던 것은 아닐까요?

〈수궁경회록〉〈용궁부연록〉과 어떤 점이 다를까?

깊은 바닷속처럼 우리가 잘 모르는 곳은 늘 호기심의 대상이지요. 그래서인지 동서양에는 용궁을 상상한 이야기가 많아요. 여러분도 아마 알고 있을 거예요. 우리나라의 《심청전》이나 서양의 《인어 공주》가 그 예지요. 앞서 읽었던 〈용궁부연록〉 역시 용궁에서의 일을 소재로 쓴 소설이에요.

중국에도 비슷한 소설이 있어요. 중국 명나라 문신 구우의 소설집 《전등신화》에 실린 〈수궁경회록〉이 그것이지요. 김시습은 《전등신화》를 읽고 많은 감명을 받았다고 해요. 당연히 《금오신화》도 《전등신화》의 영향을 많이 받았지요.

그럼 〈수궁경회록〉은 어떤 내용인지 살펴봐요. 이 소설은 원나라 순조 때를 배경으로 하는데, 여선문이라는 선비가 주인공이지요. 여선문은 평소에 글을 잘하기로 유명했답니다. 어느 날 남해 용왕의 신하들이 그를 데리러 오자, 여선문은 곧바로 거절하지요.

"남해 용왕 광리왕은 큰 바다의 신이요, 저는 속세의 인간입니다. 두 세계가 길이 다르니 어찌 제가 갈 수 있겠습니까?"

어디서 많이 본 말이지요? 〈용궁부
연록〉에서 한생이 했던 말과 비슷합니다. 용왕의 신하들은 여선문
을 설득해 그를 데리고 갔지요. 마침내 여선문은 강가의 큰 배를
타고 용궁에 갑니다. 용왕은 여선문을 반갑게 맞으며, 자신이 지낼
궁전인 영덕전에 상량문을 써 달라고 부탁하지요.

　"장인들도 이미 모여 있고 나무와 돌들도 다 갖추어졌으나, 상
량문만 미처 준비되지 못했습니다."

　이 대사도 〈용궁부연록〉과 비슷하지요. 용왕은 신으로서의 위
엄을 떨치기 위해 영덕전을 새로 짓는 것이라고 말합니다. 그리하
여 여선문은 재주를 발휘해 용왕을 한껏 치켜세우는 상량문을 썼
고, 용왕은 매우 흡족해합니다. 남해 용왕은 동쪽, 서쪽, 북쪽 바
다의 용왕까지 모두 초대하여 큰 잔치를 열어요. 용왕들은 여선문
에게 '큰 군자'라며 찬사를 보내고, 여선문은 이에 화답하는 시를
지어 올리지요.

　다음 날 용왕은 여선문에게 야광주 10개와 통천서*라는 귀중한
보물을 주어서 돌려보냅니다. 집으로 돌아온 여선문은 이 보물들
을 페르시아 상인에게 팔아 부자가 되지요. 나중에는 집을 나가 도
를 닦으며 산을 유람했는데, 마지막에 어찌 되었는지는 모른다고

* **통천서** 무소의 뿔로, 하늘과 통한다고 하여 귀중하게 여기는 물건이다.

합니다.

이것이 〈수궁경회록〉의 간략한 내용이에요. 정말 〈용궁부연록〉
과 이야기의 구조가 비슷하지요? 하지만 두 작품 사이에는 차이점
도 많답니다. 〈수궁경회록〉의 분량이 〈용궁부연록〉에 비하면 짧은
편이고요, 용왕이 준 보물을 대하는 태도도 다르지요. 〈수궁경회
록〉의 여선문은 용왕에게 받은 보물을 팔아서 부자가 되는데, 〈용
궁부연록〉의 한생은 보물을 상자에 감추고 아무도
보여 주려고 하지 않았지요.

용궁에서 상으로 받은 선물을 세상에
내다 팔려고 했다는 것은 어떤 의미
일까요? 여선문은 현실에서도 자
신의 뜻을 펼쳐 보려고 했지만
결국 실패하여 세상을 등지게
된 것은 아닐까요? 반면
〈용궁부연록〉의 한생은 용
궁에서 받은 선물을 꽁꽁
감추었으니, 처음부터 세
상과의 소통을 거부한 것
이고 말이에요.

이렇게 설명해도 알쏭

달콩할 거예요. 두 작품 모두 한마디의 주제로 정리되는 작품이 아니니, 어렵게 느껴지는 게 당연해요. 여러분들도 작품을 직접 읽으며 내용이 담고 있는 주제나 문제의식에 대해 생각해 보았으면 좋겠습니다.

구우는 《전등신화》의 서문에서 이렇게 이야기했어요.

"《전등신화》를 쓰고 나니, 나 스스로 말이 괴이하고 음란함에 가깝다는 생각이 들어 책 상자에 감추어 두고 전하지 않으려 하였다. 그런데 많은 손님들이 찾아와서 보자고 하는 바람에 다 거절할 수가 없었다."

《전등신화》를 찾는 사람은 그야말로 한둘이 아니었던 것 같습니다. 《전등신화》는 우리나라의 《금오신화》뿐만 아니라 베트남, 일본의 몇몇 소설에도 영향을 미쳤어요. 《전등신화》는 동아시아 문화권에서 공유된 문학 작품인 것입니다.

영화 〈사랑과 영혼〉 영혼과 사랑할 수 있을까?

〈사랑과 영혼〉은 1990년에 개봉한 영화로, 멜로 영화의 고전이라고 불릴 만큼 유명한 작품이에요. 개봉했을 당시에 서울에서만 168만 명의 관객을 끌 정도로 인기를 끌었답니다. 지금은 천만 관

▲ 영화 〈사랑과 영혼〉 포스터

객을 모은 영화들도 있지만, 그때는 극장에서 영화 보는 일이 보편화되지 않았어요. 그래서 관객 100만 명 이상이면 흥행작으로 꼽혔지요.

영화는 샘(패트릭 스웨이지)과 몰리(데미 무어)의 사랑 이야기를 담고 있어요. 금융 전문가 샘은 도예가인 몰리와 함께 살며 행복한 시간을 보내고 있었습니다. 연인이 사랑스러운 눈빛을 주고받으며 도자기를 만드는 장면은 관객에게 큰 인상을 남겼고, 여러 곳에서 패러디되기도 했답니다.

어느 날, 샘은 몰리와 연극을 보고 집으로 돌아오는 길에 그만 괴한의 습격을 받고 죽음을 당해요. 샘은 비록 죽은 몸이지만 그의 영혼만은 세상에 남게 됩니다. 샘의 영혼이 사랑하는 몰리의 주변을 떠도는 것이 영화의 주된 내용이랍니다.

어떻게 영혼이 자신의 존재를 알릴 수 있을까요? 샘은 죽은 사람과 산 사람을 연결시켜 준다는 영매 오다 매를 찾아가서, 몰리에게 자신의 존재를 증명해 달라고 부탁합니다. 오다 매는 몰리를 찾아갔지만, 몰리는 오다 매를 믿지 않지요. 그러다가 몰리는 오다 매의 이 말 한마디에 의심을 거둡니다.

"디토(Ditto)."

이는 '나도'라는 뜻으로, 상대방에게 동감하는 의미를 지니는 말입니다. 샘이 살아생전에 몰리가 '사랑한다'고 하면 항상 '디토'라고 대답하고는 했어요. 그건 둘 사이에서만 쓰는 비밀스러운 언어였지요.

비록 몰리가 샘의 존재를 믿게 되었다고 해도, 인간과 영혼이 사랑을 나누기란 여간 힘든 게 아니에요. 〈만복사저포기〉와 〈이생규장전〉에서 주인공들이 영혼과 자유롭게 사랑을 나누던 것과는 사뭇 다르지요. 이는 영혼이라는 존재에 대한 작가의 생각이 다르기 때문이겠지요.

어쨌든 오다 매의 몸을 빌린 샘은 몰리와 어렵사리 사랑의 키스를 나누는 데 성공해요. 이 장면에서 관객은 움찔합니다. 화면상으로는 몰리와 오다 매가 입술을 내밀며 서로를 향하고 있었기 때문이에요. 잠시 뒤 화면이 바뀌면서 오다 매의 자리에 샘이 들어서고, 주제곡인 〈언체인드 멜로디(Unchained Melody)〉가 흐르는 가운데 둘은 입을 맞춥니다. 감동스럽고 예쁜 장면 가운데 하나입니다.

이후 영화는 샘의 죽음과 관련된 음모를 풀어 나가는 이야기를 중심으로 전개돼요. 마침내 의문을 풀고 모든 일을 해결한 샘은 밝은 빛을 따라 하늘로 올라갑니다.

"사랑해, 몰리. 늘 사랑해 왔어."

샘이 이렇게 말하자, 몰리는 'Ditto'라고 답합니다. 몸은 떨어져 있어도 사랑의 언어만은 영원히 간직하려는 것이었지요.

그 뒤로 몰리는 어떤 삶을 살게 되었을까요? 뒷이야기는 알 수 없지만, 사랑의 기억이 홀로 남은 몰리에게 긍정적인 영향을 끼쳤을 겁니다. 아니, 그랬기를 바랍니다. 사랑이라는 말이 흔한 세상 속에서 몰리와 샘의 이야기는 특별하고 소중하게 다가오기 때문입니다.

〈만복사저포기〉와 〈이생규장전〉에서 귀신과 인간의 사랑은 결국 비극으로 끝납니다. 〈사랑과 영혼〉의 연인도 결국 오랜 세월 함께하지 못하고 헤어졌지요. 죽도록 사랑하는 연인에게도 이별하는 순간은 다가옵니다. 하지만 어쩌면 마지막이 있기에 사랑하는 순간이 더 빛나는 것은 아닐까요?

물음표로 따라가는 인문고전 08

금오신화 조선에 판타지 소설이 있었다고?

© 임치균 이용규, 2018

1판 1쇄 발행일 2018년 2월 14일 | **1판 2쇄 발행일** 2020년 4월 30일

글 임치균 | **그림** 이용규
펴낸이 권준구 | **펴낸곳** (주)지학사
본부장 황홍규 | **편집장** 박미영 | **팀장** 김은영 | **편집** 전해인 문지연 김솔지
디자인 최지윤 | **제작** 김현정 이진형 강석준 방연주 | **마케팅** 송성만 손정빈 윤술옥 이예현
등록 2010년 1월 29일(제313-2010-24호) | **주소** 서울시 마포구 신촌로6길 5
전화 02.330.5297 | **팩스** 02.3141.4488
ISBN 979-11-6204-018-8 44810
ISBN 979-11-85786-85-8 44810 (세트)
잘못된 책은 구입하신 곳에서 바꿔 드립니다.

이 도서의 국립중앙도서관 출판예정도서목록(CIP)은 서지정보유통지원시스템 홈페이지(http://seoji.nl.go.kr)와
국가자료종합목록 구축시스템(http://kolis-net.nl.go.kr)에서 이용하실 수 있습니다.(CIP제어번호: CIP2018002860)

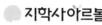 아르볼은 '나무'를 뜻하는 스페인어. 어린이들의 마음에
담긴 씨앗을 알찬 열매로 맺게 하는 나무가 되겠습니다.

홈페이지 www.jihak.co.kr/arb/book | **포스트** post.naver.com/arbolbooks